共和国故事

春华秋实

——广交会迎来百届庆典

王金锋 编写

吉林出版集团股份有限公司

图书在版编目（CIP）数据

春华秋实：广交会迎来百届庆典/王金锋编. —

长春：吉林出版集团股份有限公司，2009.12

（共和国故事）

ISBN 978-7-5463-1907-0

Ⅰ．①春… Ⅱ．①王… Ⅲ．①纪实文学 – 中国 – 当代 Ⅳ．①I25

中国版本图书馆 CIP 数据核字（2009）第 237755 号

春华秋实——广交会迎来百届庆典

CHUNHUA QIUSHI　　　GUANGJIAOHUI YING LAI BAI JIE QINGDIAN

编写　王金锋

责任编辑　祖航　宋巧玲

出版发行　吉林出版集团股份有限公司

印刷　三河市嵩川印刷有限公司

版次　2010 年 1 月第 1 版　　　2022 年 1 月第 8 次印刷

开本　710mm×1000mm　1/16　　　印张　8　字数　69 千

书号　ISBN 978-7-5463-1907-0　　　定价　29.80 元

社址　吉林省长春市福祉大路 5788 号

电话　0431－81629968

电子邮箱　tuzi8818@126.com

版权所有　翻印必究

如有印装质量问题，请寄本社退换

前　言

自 1949 年 10 月 1 日中华人民共和国成立至今,新中国已走过了 60 年的风雨历程。历史是一面镜子,我们可以从多视角、多侧面对其进行解读。然而有一点是可以肯定的,那就是,半个多世纪以来,在中国共产党的领导下,中国的政治、经济、军事、外交、文化、教育、科技、社会、民生等领域,都发生了深刻的变化,中国人民站起来了,中华民族已屹立于世界民族之林。

60 年是短暂的,但这 60 年带给中国的却是极不平凡的。60 年的神州大地经历了沧桑巨变。从开国大典到 60 年国庆盛典,从经济战线上的三大战役到经济总量居世界第三位,从对农业、手工业、资本主义工商业的三大改造到社会主义市场经济体制的基本确立,从宜将剩勇追穷寇到建立了强大的国防军,从废除一切不平等条约到独立自主的和平外交政策,从"双百"方针到体制改革后的文化事业欣欣向荣,从扫除文盲到实施科教兴国战略建设新型国家,从翻身解放到实现小康社会,凡此种种,中国人民在每个领域无不留下发展的足迹,写就不朽的诗篇。

60 年的时间在历史的长河中可谓沧海一粟。其间究竟发生了些什么,怎样发生的,过程怎样,结果如何,却非人人都清楚知道的。对此,亲身经历者或可鲜活如昨,但对后来者来说却可能只是一个概念,对某段历史的记忆影像或不存在,或是模糊的。基于此,为了让年轻人,特别是青少年永远铭记共和国这段不朽的历史,我们推出了这套《共和国故事》。

《共和国故事》虽为故事,但却与戏说无关,我们不过是想借助通俗、富于感染力的文字记录这段历史。在丛书的谋篇布局上,我们尽量选取各个时代具有代表性或深具普遍意义的若干事件加以叙述,使其能反映共和国发展的全景和脉络。为了使题目的设置不至于因大而空,我们着眼于每一重大历史事件的缘起、过程、结局、时间、地点、人物等,抓住点滴和些许小事,力求通透。

历史是复杂的,事态的发展因素也是多方面的。由于叙述者的视角、文化构成不同,对事件的认知或有不足,但这不会影响我们对整个历史事件的判断和思考,至于它能否清晰地表达出我们编辑这套书的本意,那只能交给读者去评判了。

这套丛书可谓是一部书写红色记忆的读物,它对于了解共和国的历史、中国共产党的英明领导和中国人民的伟大实践都是不可或缺的。同时,这套丛书又是一套普及性读物,既针对重点阅读人群,也适宜在全民中推广。相信它必将在我国开展的全民阅读活动中发挥大的作用,成为装备中小学图书馆、农家书屋、社区书屋、机关及企事业单位职工图书室、连队图书室等的重点选择对象。

编　者

2010 年 1 月

一、 百届庆典

● 温家宝表示，广交会要继续办下去，不断创新，办得更好，再创辉煌。

● 李长春感慨地说："产品有没有知名品牌，价钱会相差几倍甚至上百倍。"

举行百届筹备工作会议

2006 年 7 月 8 日至 9 日，第一百届中国出口商品交易会筹备工作会议，在甘肃省兰州市举行。

商务部副部长高虎城在会上指出：将于 3 个月后举办的百届广交会，是我国外贸 50 年发展历程和成就的一次大检阅，也将是广交会发展史上的一个新起点，必将成为中国和世界瞩目的焦点。因此，有关方面必须全力以赴、精心筹备，确保百届广交会能以其有史以来的最高水平展现在世界面前。

高虎城说：

百届广交会将举行隆重的开幕仪式，盛大的开幕招待酒会和多场文艺、焰火晚会等一系列庆祝活动。

届时将有党和国家领导人，外国政府代表团，外国驻华使节，海外知名工商界人士出席。

高虎城在简要回顾外贸发展和当时外经贸形势后说，要统一思想，高度重视，充分认识百届广交会举办的重要意义。

高虎城说：

50 年来，在党中央、国务院的关怀下，在社会各界的支持下，广交会伴随着共和国的成长而稳步发展。与首届相比，展览面积由 1.8 万平方米发展到第九十九届的 60 万平方米；出口成交额由 1754 万美元增长到 322.2 亿美元；到会采购商由来自 19 个国家和地区的 1223 人增加到 211 个国家和地区超过 19 万人。广交会的蓬勃生机，正是中国经济和中国外贸蒸蒸日上的写照。

　　据介绍，广交会累计洽谈成交约 5183 亿美元，累计到会境外采购商超过 376.5 万人，本届广交会容纳参展企业 1.3 万多家，成为我国中小企业贸易出口服务平台，一年两届的出口成交额约占我国一般贸易出口总额的四分之一。

　　高虎城指出，广交会已成为中国历史最长、规模最大、层次最高、商品种类最全、到会采购商最多、成交效果最好的综合性国际贸易盛会，被誉为"中国第一展"。

　　他说，广交会是展示我国社会主义经济建设和外贸发展，推动中国产品、中国品牌、中国企业走向世界的重要舞台，更是贯彻落实国家外经贸政策和经济发展战略的重要阵地。

他还说，在"十一五"规划的开局之年，广交会迎来百届庆典，具有重要的历史意义。跨过百届的广交会，将认真总结历史，弘扬改革创新、与时俱进的光荣传统，进一步全面贯彻科学发展观，以改革创新的精神开启更美好的未来，为构建社会主义和谐社会作出更大贡献。

高虎城指出，百届后，广交会的发展方向以及如何为外贸更好服务，将成为一个重要课题。我们将专门组织人力进行调研和听取各方意见，推动广交会在百届之后依然焕发活力，取得更伟大的成就。

高虎城说：

> 百届广交会是中国改革开放和经济发展的一件大事，更是全国商务系统的一件大事。现在距百届广交会召开还有 3 个月，筹备工作繁杂，艰苦，时间紧，任务重。大家一定要提高认识，统一思想，服从大局，团结协作，以饱满的政治热情，积极的工作态度，顽强的拼搏精神投入到筹备工作中，周密部署，确保百届广交会的成功举办。

在讲话中，高虎城副部长还就提升布展水平，做好安全保卫和接待服务工作，作了详尽的部署，要求做到成交与庆典两手抓，两不误。

全国各地商务主管部门分管广交会工作的负责人160

余人出席了会议。时任甘肃省副省长的孙小系在会上致辞，中国对外贸易中心主任胡楚生作了百届广交会筹备工作的报告。

根据安排部署，百届庆典活动主要有：

10月14日晚举办第一百届广交会欢迎酒会；15日下午召开百届广交会纪念座谈会；15日晚举行第一百届广交会开幕式暨庆祝大会。

作为第一百届广交会的庆典活动之一，具有浓郁民族特色的大型原生态歌舞《云南映象》，于10月16日至21日，在广州市中山纪念堂进行6场商业性演出。

为了让社会各界全面了解广交会的发展历程和历史贡献，反映我国改革开放的辉煌成就，中国出口商品交易会编撰出版了《百届辉煌》《亲历广交会》等纪念丛书。《百届辉煌》汇集了历届广交会的资料和图片，真实反映了广交会的历史全貌。《亲历广交会》汇集了120多位海内外亲历者的回忆文章，记录了很多广交会历史上的难忘瞬间。

第一百届广交会举办的广交会回顾展，展出了许多珍贵的历史照片，回顾广交会的创业历史，展示广交会百届发展成果，展示中国改革开放和对外贸易50年的发展成就。

召开百届广交会座谈会

2006 年 8 月 18 日上午，中国对外贸易中心在广州白天鹅宾馆三楼会议中心，举办了"第一百届广交会座谈会"。这次座谈会的目的在于扩大百届广交会的宣传，争取更多采购商与会，向各海外商会驻穗代表处介绍第一百届广交会的相关筹备情况。

此次活动共向 27 家工商团体驻穗机构发出邀请，其中 24 家机构的高层领导和代表人应邀参加。

出席会议的嘉宾有：德国工商会、广州韩国贸易馆、中国波兰商会、中国意大利商会、中国菲律宾商会、中国香港商会、朝鲜驻广州贸易代表部、奥地利联邦商会、广州台资企业协会、新西兰贸易发展局、法国普罗旺斯地区企业国际发展协会、美国纽约亚洲商贸理事会等工商机构驻穗机构会长或首席代表。

在座谈会上，中国对外贸易中心外联处彭巧玲处长，介绍了百届广交会的相关筹备情况。

中国对外贸易中心徐兵副主任致辞，他阐述了在过去半个世纪中，广交会在中国外贸和中外经贸交流中起到的重要作用。

徐兵说，广交会是一座桥，一座联结中国与世界的桥；广交会是一个窗口，展示中国经济发展成就，让世界了解中国，让中国了解世界；广交会是一个孵化器，培养了众多知名的中国企业和品牌，使中国企业走向国际市场，同时，广交会还培养了众多中国外贸人才；广交会是一个引擎，直接推动了中国对外贸易发展，带动了中国展览行业及相关产业的发展；广交会也是中国国际交往的舞台，每届广交会万商云集，接待过众多国家元首和政府首脑，增进了中外友好往来。广交会还非常珍视其质量和信誉，视质量为生命。

徐兵副主任表示，广交会的发展离不开海内外工商界的关心和支持，希望各驻穗工商团体，能够成为广交会与各国工商贸易界交流和合作的桥梁。同时，他还热情地邀请各驻穗团体参加百届广交会。席间还播放了百届广交会宣传片，生动形象的介绍让嘉宾们对广交会有了更进一步的了解。

座谈期间，宾主愉快交谈，气氛友好热烈。各工商机构驻穗负责人感谢广交会的盛情邀请，并表示把百届广交会的信息转告总部，广泛告知其会员企业，继续组织他们与会采购，一如既往地支持广交会的发展，加强合作，共同促进各地经贸交流。

举行百届广交会欢迎酒会

2006 年 10 月 14 日 18 时 30 分，由商务部、广东省人民政府主办，中国对外贸易中心承办的第一百届中国出口商品交易会欢迎酒会，在东方宾馆宴会大厅隆重举行。

千余名海内外嘉宾欢聚一堂，畅叙友情，共同庆祝百届盛会。部分国家和地区的贸易部长代表团、部分国家驻华使节、近 80 家海外工商机构及跨国公司负责人，应邀出席庆典活动。

出席欢迎酒会的商务部及大会领导有，广交会主任、广东省省长黄华华，广交会副主任、商务部副部长于广洲，广交会副主任、商务部副部长高虎城，广交会副主任、商务部部长助理傅自应，广交会副主任、中国对外贸易中心理事长张志刚等。

出席欢迎酒会的有关方面领导有，全国人大财经委副主任石广生、海关总署署长牟新生、国家质检总局局长李长江、内蒙古自治区主席杨晶、外经贸部原部长郑拓彬、广东省委原书记张根生、广东省原省长朱森林等。

香港中华总商会荣誉会长曾宪梓等港澳嘉宾，阿联酋经济部部长鲁卜娜等外国政府代表团团长等，也出席了当天的欢迎酒会。

广交会主任、广东省省长黄华华致欢迎词。

酒会由广交会副主任兼秘书长胡楚生主持。

黄华华首先对 50 年来支持、关注广交会发展的各界人士表示感谢。

黄华华说，广交会 50 年来，采购商从第一届的 19 个国家和地区的 1200 多人，发展到现在 211 个国家和地区的将近 20 万人。成交额也从第一届的将近 1800 万美元，发展到现在的 320 多亿美元，每年广交会的成交额占全国一般贸易出口的四分之一。他希望广交会能够"百尺竿头，越办越好"。

欢迎酒会是百届广交会的庆典活动之一，规模达到 1000 人以上。酒会上还进行了精彩的舞狮表演，赢得海内外嘉宾的阵阵掌声。

酒店方面有关人士说："此次欢迎酒会的会场布置风格充满岭南风情，宴会菜式以粤菜为主，主菜有东方名菜佛跳墙，还有上汤大龙虾、香麻炸鸡、竹荪扒菜胆等菜式。而为了筹备欢迎酒会，就足足花了近半年的时间，抱着精益求精的想法，直到今天早上，我们还在为'特色鸡批'一菜选用的鸡肉进行筛选。"

百届广交会隆重开馆迎客

金秋十月，羊城鲜花怒放，彩旗飘扬。

2006年10月15日上午，第一百届广交会隆重开馆。尽管适逢百届盛会，大会主办方并没有在开幕前举行大规模的庆祝活动，没有鲜花礼炮，没有贵宾剪彩，只有短时间的传统舞龙、舞狮表演助兴。

从清晨开始，各种肤色、操着各种语言的广交会来宾，就熙熙攘攘地涌现在广州琶洲展馆。与往年人们在琳琅满目的展区流连所不同的是，这天的典型场景是拿着相机、手机的人群在四处留影。

9时，广交会准时开馆，采购商们一拥而入。广交会走过百届，历届的"第一天"也随着时代的发展发生着变化。

当年，首届广交会到会采购商，仅有来自19个国家和地区的1223人，加上国内参展企业和组织者，总数不过3000人。而这一天，百届广交会场馆可以海纳50万名四海宾朋，拥有3.1万个展位，已经攀上世界第二大单年期会展的高峰。

当年，广交会创办初期展览面积仅1.8万平方米，现在则发展到总面积60万平方米，增长了32倍；出口成交额则由首届的1754万美元，增长到第九十九届的

322.2 亿美元，整整翻了 1837 倍！

曾经参加过 90 届广交会的老广交、新华社原摄影记者蔡忠植，用镜头记录了第一届广交会开幕的情景。当时，中苏友好大厦红旗飘扬，锣鼓喧天，花卉盆景四面摆开。

蔡忠植说，与本届广交会 3.1 万个展位相比，那时真的太少了。当时只有土特产和纺织品两个展馆，展示商品还不到 5 万件，产品非常单一。因为是第一届，当时的仪式并不是十分隆重，不过充满了喜庆的气氛。

第十届广交会在 1961 年 10 月 15 日举行，当时正值"三年困难时期"，人民生活比较困难。为体现节俭的精神，当时外经贸部下发通知，要求这届广交会除了适当增加一些新品种和图片外，不以"第十届广交会"为宣传内容；与会期间不搞庆祝活动，不做纪念章和赠送礼物。最后，第十届广交会没有搞庆典而只照例举行开幕、闭幕酒会。

2002 年第九十一届广交会的"第一天"，则具有重要的历史意义，当届广交会开始实行"一届两期"的改革，并取消延续了 90 届的广交会会场开幕式。此后，广交会的开幕式只在逢"10"的届次上举办，在招待酒会上宣布开幕。

广交会有关负责人认为，原本举行开幕式的半天时间，完全可以让出来给商家，让他们有更多的成交机会。

按照国际惯例，大型的会展向来没有或少有开幕式。

没有鲜花礼炮，没有贵宾剪彩，第九十一届广交会只在招待酒会宣布开幕的重大举措，让四方商贾感受到了"中国第一展"正在实现与国际接轨。

弹指一挥间，中国的广交会进行到了 100 届，为了不影响商家成交，开幕式选在了晚上进行。在这里，我们看到了一个日益开放的中国一步一步迈向世界的足迹。

50 年，100 届。从幼嫩到成熟，从孱弱到强健，广交会这动人心扉的历史，与其说是一部中国对外贸易史，不如说其见证了中国改革开放、融入全球经济的全部历程。

在欢呼声中，百届广交会发现自己正站在新的起点。面临中国入世后的外贸变化，面临国内外大型会展的挑战，广交会仍在不断改变。

未来的广交会，将会是进出口"通吃"，或许还将派生或整合出各类专业"小广交"。但无论如何，变，才是"中国第一展"延续百届辉煌的永恒魅力。

邮政部门喜迎百届广交会

2006 年 10 月 15 日，百届广交会开幕当天，国家邮政局推出百届广交会纪念邮票发行活动。

为了让邮票给百届广交会增添光彩，在广东省局的支持下，广州局在流花展馆内举行了隆重的邮票首发式和新闻发布会。

为做好百届广交会的邮政服务和纪念邮票首发工作，广州局提前在人力、物力方面作好安排。

该局一方面挑选素质好、懂外语的营业员参加展会的服务工作；一方面在展会开幕前夕，就积极与百届广交会组委会沟通，落实邮政服务点在会场的具体位置，力争尽早入驻，以便为用户提供一个良好的服务环境。

在百届广交会上，广州局秉承服务人民、奉献社会的宗旨，以邮政人的热情好客，为来自五湖四海的中外客商提供了优质的服务。

广州局所辖赤岗支局和流花支局，分别负责琶洲和流花两个展馆的邮政服务工作。工作人员打破正常作息时间，加班加点地为客商介绍邮政业务，提供用邮服务。

邮政服务点的营业员不但负责办理业务，还充当翻译的角色。

流花支局专门设立了"交易会工作组"，抽调全局英

百届庆典

语精英进驻展馆，推出交易会"邮政直通车"服务，为参展客商提供全方位的包装、验视、前台与上门收寄邮件服务，并协助客商进行报关。这些举措使广交会传统交易服务融入了更多的人性化因素，体现了和谐邮政的温馨。

广交会百届盛事，中外客商云集，尽显无限商机。已经成熟化的市场竞争考验着广州邮政人的应变与智慧，他们需要面对竞争和低利润两大问题。

在这种环境下发展业务，一方面要尽可能地优化成本，为价格竞争提供空间；另一方面要强化邮政品牌宣传，从而在竞争中脱颖而出。

面对内部人手紧张和外部竞争对手多面夹击，广州局上下团结一心，首先突出品牌效益，实施服务营销。

赤岗支局通过建立会展客商数据库，加强展会前期对客商的定向宣传，达到了精准营销的目的。

广交会期间，该支局与琶洲会展中心协商开辟宣传渠道，如利用内部布置、外部展示牌和在电梯间等公共场所开展宣传，在客商集中的酒店、宾馆利用快讯商品广告进行宣传，凸显邮政实力。

同时，重点推广中低价位的邮政业务，如国际大包的航空包、水陆路包，制作、赠送具有纪念性、实用性的邮资礼品，吸引客商用邮。

在做好展馆内服务工作的同时，广州局积极在展馆外"圈地"，大力拓展国际邮政业务市场。

广州举行百届纪念座谈会

2006年10月15日下午，第一百届中国出口商品交易会纪念座谈会，在广州举行。商务部有关负责人、广东省有关负责人、历任广交会负责人、商务部老领导、国内交易团及参展企业代表、海外工商团体和采购商代表、50年来为广交会作出杰出贡献的老广交、百届广交会领导成员、原外贸部老领导及海内外特邀嘉宾等约200人，出席了座谈会。

座谈会由商务部副部长于广洲主持。时任中共中央政治局委员、国务院副总理吴仪，出席座谈会并作重要讲话。

吴仪在座谈会上强调，要适应新形势的要求，继续坚持服务于国家改革开放和经济建设大局、服务于对外经济贸易发展和扩大中外交流的宗旨，充分发挥品牌优势，注重改革创新，努力把广交会建设成为世界一流展会。

吴仪首先代表国务院，对广交会百届华诞和50年来所取得的成绩表示祝贺。

吴仪说，50年来，广交会从来没有间断过，经历了风风雨雨，见证了外贸发展的光辉历程，不仅培养了大量宝贵的外贸人才，积累了参与国际分工的初始经验，而且有力地推动了国内企业和产品走向国际市场，为我国对外贸易持续快速健康发展和确立贸易大国地位，作出了应有贡献。

现在，广交会已成为我国历史最久、层次最高、规模最大、商品种类最齐全、到会采购商最多、成交效果最好、信誉最佳的国际知名品牌展会，成为联结中国和世界的桥梁，成为让世界了解中国、让中国了解世界的窗口。

吴仪指出，从第一〇一届开始，中国出口商品交易会将更名为中国进出口商品交易会。要以此为契机，继续发扬光荣传统，勇挑重担，再创辉煌。

吴仪对广交会提出了3点要求：

一是进一步优化参展企业和商品结构，整合出口资源，在保持外贸出口稳定增长的同时，有效发挥广交会在扩大进口方面的作用，吸引更多的海外企业和国际知名品牌商品参展。积极为国内企业"走出去"搭建平台，帮助企业融入世界，为实现我国进出口基本平衡及加强多双边经济合作作出贡献。

二是发挥广交会国际知名品牌的带动作用，吸引更多的国内优秀企业和优质商品参展，帮助它们不断扩大知名度和影响力，从而加快培育一批具有自主知识产权和国际知名度的品牌，增强国内企业和商品的竞争力。

三是按照"专业化、市场化、法制化、产业化和国际化"的要求，继续深化管理体制改革，建立和形成一套科学、高效、有序的组织管理体系。在组展方式、办展模式和市场化等方面不断开拓创新。特别要切实加强展会知识产权保护，打击假冒伪劣，营造公平竞争的贸易环境。

第一百届之后，广交会将更名为中国进出口商品交易会。这可以看成是中国对外贸易制度的一个重大变化，它表明了我国对外更加开放的姿态。从仅仅追求以出口为核心的贸易制度，转向了追求进出口均衡的贸易制度。

允许国外的进口商参展进口品，为国内的消费者与厂商提供了可选择产品的一个窗口。对于厂商来说，国外厂商进入参展也为其提供了一个窗口。

更名给广交会也带来了更大的发展机遇。当时，有经济实力的地区都在举办各种类型的会展，特别是我国沿海地区，每年都有许多名目繁多的各种专业性或综合性的地区性或国际性展览会，比如，号称"永不落幕"的义乌小商品博览会、南海盐步内衣展、虎门服装展、佛山陶瓷展等，虽然影响力都不如广交会，但参展、采购出现了多种形态，这都对广交会形成了竞争。在我国周边地区，一些东南亚国家的会展业也风起云涌、方兴未艾，如较大规模的东盟博览会等。广交会作为中国会展业的第一块品牌，也需要不断地改革和创新，注入新的内涵，从而才能保持持续的生命力。

谈起广交会，老广交们关切之情溢于言表。

海峡两岸商务协调会会长张平沼，曾为推动台商参加广交会作出重大贡献。

张平沼表示，近年来，祖国大陆与台湾经济贸易迅速扩大，如今台湾最大的贸易伙伴是祖国大陆，如果没有来自大陆的贸易，台湾不可能出现贸易顺差。广交会理应越办越好，一直办下去。

广东省原省长朱森林则表示，作为承办之地，广东省和广州市非常感谢广交会。广交会对广东的发展意义重大，广东人民将尽全力办好广交会。

广东省外经贸委原副主任、担任广交会广东团团长时间最长的伍明光，在会上提出了两点建议：一是广交会应该成为广东"会展经济"的排头兵，由商务部协调，成为对外各种会展的龙头；二是广交会可以根据出口猛增、贸易顺差变大等情况，在出口之外，增加进口部分，重视出口成交额，也重视进口额，使公平贸易、进出口平衡的原则在广交会上得以体现。

全力准备保证供电

2006 年 10 月 15 日晚，广州琶洲会展中心格外美丽。夜幕中的会馆被蓝色的灯光勾勒出一道道优美的弧线，如同一颗璀璨的夜明珠，点缀在珠江之畔。

国务院总理温家宝等党和国家领导人，在这里出席第一百届广交会开幕式暨庆祝大会。

"今天晚上天气应该没有问题，庆典能顺利结束。"广州市气象局局长杨少杰抬头，看了看已经黑糊糊的天空说。杨少杰说这句话时，距庆典开幕还有一个多小时。

在会场上，5000 多张折叠座椅摆得齐齐整整。主席台的背景板上写着：

第一百届中国出口商品交易会开幕式暨庆祝大会

背景板在会场四周灯光照耀下格外醒目。

多彩的灯光映照在 5000 多名中外宾客的笑脸上，也映照在开幕式现场坚守保供电工作岗位的上百名电力工人身上。

为了做好广交会期间的保供电工作，广州供电局安排抽调 100 多名电力工人，24 小时在琶洲会展中心轮流值班。同时，还早早地把应急发电车开到了开幕式现场，力保万无一失。

与此同时，另外一批广州局的员工们不停歇地在"一河两岸"进行巡视，检查路灯和沿街的电线是否有被偷盗现象，力保中外客商眼前的广州展现最靓丽的一面。

为了做好广交会期间的保供电工作，广州供电局从9月底就及时启动《广交会典型保供电预案》，积极着手进行准备工作了。广交会的主要场馆及重要活动场所被列为特级保供电，接待酒店被列为重要用户。

广州供电局特别加强了对电网的实时监控，相关场所一般情况下不安排停电。市区内的供电局、主网运行单位、路灯所等单位每三天就召开一次广交会保供电会议，对广交会的保供电工作进行总结和布置。

广州供电局还专门组织人马对公用设备、用户设备进行了全面检查，明确了涉及保供电线路和设备的检查负责人、值班负责人及抢修人员。

除此之外，广州供电局还组织人力加强了相关保供电线路、有关开闭所的特巡，检查调试重要用户的备用电源。特别是党和国家领导人的参观点、琶洲会展中心和流花展览馆、广州火车站等交通中转枢纽、天河体育中心等繁华商业地段，以及文艺演出场所中山纪念堂等，广州供电局均对供电线路进行了认真检查。

在广交会期间，就连相关的无人值班变电站，也派了专门人员现场值守。此外，对中外商家常来常往的宾馆、酒楼等用电客户，广州供电局员工已经在 10 月上旬，深入细致地检查了设备的健康水平，及早处理了所发现的问题和缺陷，特别注意做好预防外力破坏和防鼠害事故的工作，力保全天候正常供电。

供电抢修人员 24 小时轮流值班，他们将抢修的备品、备件提前准备好，确保电网在异常情况下能按照突发事件预案快速反应，抢修人员能快速就位。

一位经历了 50 年广交会保供电的邓师傅感慨地说：

广交会的百届辉煌，也有我们南网人的一份荣光啊！

百届庆典

隆重举行百届庆典开幕式

10月的南国，瓜果飘香，万商云集。

2006年10月15日晚，在广州广交会琶洲展馆北广场，秋风送爽，国旗招展，举世瞩目的第一百届中国出口商品交易会隆重举行开幕式暨庆祝大会，琶洲成了欢乐的海洋。

夜晚的羊城火树银花，流光溢彩。会展中心披上了闪亮的彩装，散发着光芒。

庆典会场位于美丽的珠江之畔，会场两边是雄伟的长城造型，主席台两侧，158面各国国旗迎风招展。会场后部，硕大的数字"100"及大屏幕直指苍穹。

来自海内外的5000多名嘉宾云集琶洲北广场庆典现场，参加第一百届广交会开幕庆典晚会。

在这众多的客人中，还有一位特别的客人。他就是全球最大的会展公司，总部位于英国的励展博览集团的总裁兼首席执行官麦克·拉斯布莱德先生。中国对外贸易中心专门邀请他来参加这次广交会百届庆典。

面对广交会展馆，麦克·拉斯布莱德禁不住发出由衷的赞叹：

这里的设施是世界级的，展览环境也令人

激动！

麦克·拉斯布莱德说，该公司正与中国对外贸易中心洽谈合作事宜，并建立了工作组。

用了一天的时间参观完广交会后，麦克·拉斯布莱德表示，广州、深圳的会展场馆非常先进，"广交会的规模和设施都是一流的，也是全球最大的展会之一"。

麦克·拉斯布莱德说，中国的会展行业正在呈现指数级的增长态势，以每年20%的速度增长，为数过半的亚洲国际标准会展设施都设在中国。这一发展情况表明，中国正倾注全力推动会展行业的长足发展，以及促使会展行业对中国经济增长作出重大贡献。

"就会展行业而言，成功的展会所带来的潜在收益有目共睹。除了为会展公司带来的显著经济价值以外，对与会展行业相关的交通、酒店、通信和商业服务行业也影响重大。2004年，展览和会议为美国和加拿大的整个经济所带来的收益，估计达670亿美元左右。"麦克·拉斯布莱德说，下一阶段励展将重点开拓华南市场。

"中国无疑拥有巨大的潜力，成为全球会展行业的领军人。"麦克·拉斯布莱德说，"我们都面临着一个挑战，那就是如何通过合作寻求适合的技能与标准，并通过发展合作关系使潜力得以实现，同时让'中国制造'成为一个超群的品牌展现给全世界。"

中国出口商品交易会每年春季和秋季举办两期，被称为"中国第一展"。

当晚的开幕式分为两部分：

第一部分是百届广交庆祝大会。大会宣读国家主席胡锦涛的贺信，并向多位对广交会有特殊贡献的人士颁发"百届辉煌杰出贡献奖"。

第二部分是烟花会演，长达 15 分钟的烟花扮靓琶洲夜空和会展中心附近的江面。

20 时，在雄壮的国歌声中，开幕式暨庆祝大会拉开帷幕。

天气问题曾让百届广交会庆典组织者大伤脑筋。在前一天晚上一场大雨袭来，不少人都担心当天是否会继续下雨。但这晚的琶洲，风清气爽，微风轻拂，给嘉宾们带来了良好的心情。

第一百届中国出口商品交易会主任、广东省省长黄华华致欢迎词。

温家宝出席大会并发表重要讲话，国务院副总理吴仪、广东省委书记张德江、全国政协副主席马万祺、香港特区行政长官曾荫权、澳门特区行政长官何厚铧等，出席了开幕式。

在热烈的掌声中，温家宝首先祝贺第一百届中国出口商品交易会隆重开幕，代表中国政府对各国朋友表示热烈欢迎。

在讲话中，温家宝指出，1957 年，中国政府决定在广州创办一年两届的中国出口商品交易会。50 年来，广交会从未间断，迄今已举办 100 届，成为中国历史最长、规模最大、商品种类最全、到会客商最多、成交效果最好的综合性国际贸易盛会，在中国外贸史和建设史上留下了光辉的一页，对推动中国外贸发展和对外开放发挥了十分重要的作用。

温家宝说，广交会是中国对外开放的窗口。中国的发展离不开世界。透过广交会这个窗口，让世界了解中国，也使中国了解世界。广交会是中国对外开放的缩影。广交会的举办，迈出了中国对外开放的重要一步。广交会半个世纪的历程，反映了中国对外开放的历史，展示了改革开放以来对外贸易的新发展和新成就，表明中国对外开放的道路越走越宽广。

温家宝对广交会寄予厚望，他说：

> 广交会要继续办下去，不断创新，办得更好，再创辉煌。
>
> 为了更好地适应对外开放的新形势，扩大进口，增加出口，推动进出口贸易的协调平衡发展，中国政府决定从第一〇一届开始，广交会更名为"中国进出口商品交易会"。一字之差，反映了中国外贸战略政策的重大转变。

温家宝表示，这也是广交会适应经济全球化深入发展大趋势和中国对外开放新形势的重大举措，表明了中

国愿意与各国实现互利共赢的决心。

温家宝说，今后，中国将鼓励双向投资，完善涉外经济法律法规，进一步加强知识产权保护，依法维护各方利益，在出口稳定增长的同时加大进口，实现进出口的基本平衡，与各国和谐发展。

最后，温家宝、吴仪等领导同志还为包括十届全国人大常委会委员、香港中华总商会永远荣誉会长曾宪梓先生，澳门中华总商会理事长许世元在内的对广交会作出突出贡献的 9 位嘉宾，颁发了荣誉证书。曾宪梓在 32 年间出席了 64 届广交会，许世元则是参加首届广交会的正宗"老广交"。

香港中华总商会会长霍震寰先生作为嘉宾之一，也在大会上作了发言。

5000 多位来自五大洲和全国各地的嘉宾，共同见证了第一百届广交会盛典。与会人员包括党中央、全国人大、国务院、全国政协有关部门领导，中央政府驻香港、澳门特别行政区联络办公室领导，各省、自治区、直辖市、港澳特别行政区、副省级市领导，国内各交易团、进出口商会负责人，部分国家贸易部长和政要代表，部分国家驻穗总领事，国外重要商会会长等。

作为"中国第一展"，广交会从 1957 年春天创办开始，已成为中国历史最久、层次最高、规模最大、商品种类最齐全、到会采购商最多、成交效果最好、信誉最佳的国际知名品牌展会；赢得了超过 210 个国家和地区的客户的厚爱，为中国外贸由小到大发展，为中国积极参与经济全球化进程作出了积极贡献。

短短的 40 多分钟庆典，掌声不断。

前后仅用 40 多分钟，"中国第一展"就顺利走过了一个简朴而隆重的百届庆典。

说它简朴，是因为没有国内展会开幕式常见的剪彩、大型文体表演等冗长烦琐的程序，且所有演讲者发言简短、精彩。这一点，与 15 日白天在广交会新老两处展馆外的情形一致。9 时，主办方没有举行大规模的庆祝活动，短时间的传统舞龙、舞狮表演助兴后，展馆即开馆，举行正常商贸活动。

说它隆重，不仅因为出席的嘉宾有 5000 人之多，还因为嘉宾中有不少为广交会奉献毕生的"老广交"，以及多年支持广交会、坚持与中国开展友好经贸往来的外国客商。其中不乏参加了 10 多届、几十届甚至 100 届全部参加的客商。更因为国务院总理温家宝、副总理吴仪出席庆典，温家宝还作了重要讲话。

其实，不仅是此次庆典、此次广交会，从第一届开始至今的所有广交会，都凝聚着党和国家领导人的亲切关怀，全国上下的鼎力相助，以及国内外客商的全力支持。

正因为有了从中国领导人到全国人民，从国内企业到国外客商的支持，广交会才越办越好，成为世界展会中的一个"奇迹"。

百届庆典

满头白发、几近耄耋之年的新西兰—中国贸易协会前主席维克托·潘西佛，在演讲时，用两组数据对比表达了自己对广交会、对中国外贸发展的钦佩之情。他说："1957 年我受邀参加第一届广交会时，参展商品只有 1 万多种，外国客商不足 2000 人，成交 1000 多万美元。现在广交会参展商品竟有 10 万余种，成交 300 多亿美元！"

短短 40 多分钟，这个"中国第一展"、出口"风向标"、世界展会史上的"奇迹"，就走过了自己的百届庆典。

庆祝大会结束后，温家宝参观了展馆，会见了参加第一百届中国出口商品交易会的部分国内外来宾。

会前，温家宝会见了香港特别行政区行政长官曾荫权、澳门特别行政区行政长官何厚铧。

第一百届中国出口商品交易会于 10 月 15 日至 30 日，在广州流花展馆和琶洲展馆同时分两期举办，有 1.4 万家企业、近 50 万来宾参加交易会，展览规模为历届之最。

庆典之后举行了焰火表演。琶洲上空盛开的焰火让人惊叹，现场嘉宾把相机、手机、摄像机纷纷对准天空，留下了一生难忘的回忆。

隆重公演大型原生态歌舞

2006年10月16日至21日，在广州中山纪念堂，一场大型原生态歌舞集《云南映象》隆重公演。它是这次广交会百届庆典的重要内容之一。

第一百届广交会50华诞辉煌庆典，这是群英荟萃、影响世界商务的外经贸国际盛会。作为国家商务部批准的广交会百届辉煌系列庆典文艺，大型原生态歌舞集《云南映象》在第一百届广交会期间进行6场庆典商业性演出。这6场演出意义重大，它代表国家答谢一直以来给予中国出口商品交易会支持、帮助与合作的国内外嘉宾和客商。

此次演出由商务部中国对外贸易中心和云南省商务厅合办，是云南代表团为庆祝广交会百届庆典送上的一份厚礼。同时，云南把最好的普洱茶和最优秀的节目带给与会海内外嘉宾和客商。每一位观看《云南映象》的观众，均可获赠一支从云南空运来的象征着云南人民深情厚谊的玫瑰。

《云南映象》是一部既有传统之美，又有现代之力的舞蹈新作。

著名舞蹈家杨丽萍将最原生的原创乡土歌舞精髓和民族舞经典全新整合重构，再创云南浓郁的民族风情。

在歌舞集中，原生、古朴的民族歌舞与新锐的艺术构思进行碰撞。杨丽萍首次出任大型歌舞集总编导及艺术总监，并领衔主演。这部歌舞集是杨丽萍带领主创班子，花了一年多时间走遍云南，挖掘收集云南民族原生态舞蹈素材后打造而成的。

2003 年 8 月 8 日，首次公演即获得巨大成功。2004年 3 月获得第四届中国舞蹈"荷花奖"舞蹈诗金奖、最佳编导奖、最佳女主角奖等 5 项大奖。之后，《云南映象》在全国举行两轮巡演，也引起巨大轰动。由于《云南映象》的成功，《印象·刘三姐》等原生态歌舞剧系列应运而生。

自 2003 年首演以来，《云南映象》已在国内 30 多个城市演出 600 余场，并多次代表中国赴美国、巴西、阿根廷等国家演出，受到广泛好评。

《云南映象》文艺晚会筹备组项目总监刘青说："这不是一部完全原创的作品，大部分的歌舞素材来自民间，演员也是 90% 以上来自云南的田间地头、村寨农家。演出中的舞蹈、音乐等元素都是取材自云南少数民族的艺术，连舞台服装都是杨丽萍等人到很多村寨去搜集回来的。可以说，这台晚会除了灯光舞美是现代的，其他都是原生态的。"

2005 年底，《云南映象》曾到广州演出，杨丽萍因脚伤未能上台主演，很多观众引为憾事。杨丽萍表示，借这次百届广交会 50 华诞辉煌庆典弥补遗憾，担纲主演。"每场演出共有7幕，其中杨丽萍担任独舞或领舞的共有3幕。"刘青说，"虽然她已经48岁了，但她突破了很多舞蹈演员达不到的极限，包括年龄。"

杨丽萍说："这次《云南映象》在广州最后一站演出之后，将在较长一段时间内暂时告别国内，转道欧洲巡演。"

《云南映象》在国内外各地的演出好评如潮。之前在广州演出时，观众甚至是眼含泪水看完的。刘青认为，《云南映象》让这么多观众感动、喜欢，真正的原因是它的自然和真实："整场演出的演员大概100名，除了主演杨丽萍，其他演员绝大部分都是云南少数民族的普通群众，很多人以前甚至连自己的村子都没出过。少数民族的人们在平时的生活中都是能歌善舞的，这些演员也是这样。应该说他们在台上表演的和以前在田间地头跳的唱的是一样的，只是现在有观众看而已。所以，他们的表演真实、自然，没有太多的修饰。可能都市里的观众平时看多了修饰的东西，同时生活的压力和负担也大，看到这样纯粹、自然的原生态的东西，内心容易被打动。"

刘青说，《云南映象》不同于现在很多的山水情景歌舞剧，"《云南映象》都是在封闭的剧场里表演，不是在自然山水间表演。因为它注重表现的并不是自然的风光、山水，而是在自然状态下云南人民的生活，以及那种真正生命的气氛和状态"。

此次《云南映象》在广交会百届庆典上的演出，杨丽萍出任《云南映象》的总编导及艺术总监。她力图在新版本中注入更多民间的东西，让来自世界各地的观众都能获得更好的视觉享受。

这部歌舞集反映了云南多个民族的生活原貌，用了很多民间的乐器、道具来表现云南少数民族的生活，还有独具云南民族文化特征的 180 张面具，以及 600 余套纯手工织绣的服装和绣花鞋等。《云南映象》中的道具、牛头、玛尼石、转经筒等全是真的，70% 的演员来自云南的少数民族。

全剧由 7 个部分组成，以民间歌舞的形式反映云南的少数民族风情。

"序"讲的是混沌初开的场景。由绿春县牛孔乡"神鼓"歌谣组成。歌谣唱道："天地混沌的时候没有太阳，没有月亮，四周漆黑一片，敲一下，东边亮了，再敲一下，西边亮了……"

接下来是第一场"太阳"。

太阳鼓是基诺族最神圣的器物，传说洪荒年代基诺族的祖先阿麦腰白造了一只太阳鼓，麦黑与麦妞藏在鼓内躲过了灾难，繁衍了基诺族的后代。太阳鼓只有节日才能敲，太阳鼓舞是基诺族最具有代表性的舞蹈。太阳鼓的正面似一轮太阳，鼓身插有 17 根木管，象征太阳的光芒。基诺人在除夕敲鼓，据说能带来吉祥。

第二场是"土地"和"月光"。

杨丽萍一直以为女人就如同月光一样有形和无形，她用抽象和变形的肢体语言，表现了她的情感和月光的圣洁。在舞蹈中我们会看到舞蹈家是怎样张开她那想象的翅膀。

第三场是"家园"。

云南的先民信奉"万物有灵"，山有山神，水有水神，树有树神，石有石神。几乎每个寨子都有寨神树、密枝林，每个民族每年都有祭祀自然、山神、水神、寨神、树神的活动。这种对自然的敬畏，使得自然生态得以保护。人类只有一个地球，如今，生态的严重破坏已向我们敲起了警钟……

第四场是"火祭"。

这里跳的是甩发舞。佤族妇女大部分披长发，甩发是从佤族妇女发式特点及生活动作中，经过提炼发展成的具有佤族特色的民间技巧动作。甩发可以表现内心的强烈感情，可以表现力量，头发的摆动也可以象征熊熊大火。

第五场是"朝圣"。

朝拜神山是信仰藏传佛教的少数民族对自然崇拜的体现，朝圣者跋涉在路上，转经筒始终陪伴着他们。他们一次次用身体丈量着道路，一次次地亲吻着大地。尽管风吹日晒，尽管雨雪交加，他们心中却燃烧着熊熊大火，最后，他们走向神山，走向理想的天国。

尾声是"雀之灵"。傣族把象征爱情的孔雀叫太阳鸟，孔雀就是他们崇拜的图腾。

杨丽萍创作了一系列表现孔雀形态的舞蹈语言，"雀之灵"寄托了她对圣洁、宁静世界的向往。在《云南映象》尾声中，杨丽萍第一次把她的独舞和群舞有机地编排在一起，并结合了新颖的舞蹈编排队形及声、光结合之效，使整段舞蹈充满着恬静的灵性及和谐的生命意识。

尽管已是三到广州，在国内巡演超过 600 场，杨丽萍和她的《云南映象》依然倾倒羊城。在这场为广交会50 华诞和百届辉煌倾情奉献的演出上，来自云南的原生态风情，赢得了包括广东省委副书记欧广源、云南省委副书记丹增，以及广交会各界来宾在内的千余位观众经久不息的掌声。

"月光""女儿国""雀之灵"……只要是杨丽萍领舞的片段，她的名字刚出现在字幕屏上，场内就会响起雷鸣般的掌声。杨丽萍以最佳的舞台表现回馈了观众的热情，她的热情和自信充溢于每一个舞蹈动作当中。

《云南映象》创造了多项中国舞坛第一，杨丽萍说，这次来为广交会演出的是近年来她亲手培养出来的一个新团队，大部分演员都来自云南农村，这是第一次出省演出，还有不少演员来广州是头回坐火车呢。

为了给这次演出制造惊喜，主办方特意从云南空运来玫瑰花，给每位入场的观众人手一支。演出结束后，不少观众把鲜花又回赠给了演员。

《云南映象》是云南文化产业中一面夺目的旗帜、一个全国知名的文化品牌，它的品牌之路在跨越最初的产业领域后，继续多方位延伸。杨丽萍表示，希望通过《云南映象》把云南打造成中国的"百老汇"，在定点的城市里生活、演出、打磨艺术，哪怕10年、20年。

云南，一个伸手能摸着白云，侧身能与大山耳语的地方，多彩多姿的歌舞如壮丽的"三江并流"一样，源远流长。当钢筋水泥的丛林向这片"秘境""隐藏的土地"步步逼近，这些非物质化的动态文化遗产渐渐面临被都市文化吞噬的危险。

每失去一件文化遗产，就熄灭了一盏明灯；每砍倒一棵树，就失去了一片绿荫。出于对这份遗产真心的热爱和热诚的保护，不是把这种文化封存起来，而是以独创性、经典性、试验性的原则，在舞台上建造一座活动的民间歌舞艺术博物馆，这便是杨丽萍打造《云南映象》的宗旨所在，也是艺术家杨丽萍在这条闪亮的产业链上舞动的意义和解构并重新整合云南民族民间艺术的执著追求。

大型原生态歌舞集《云南映象》，也是云南省委、省政府确定的民族文化精品工程项目，它是完全按照"立足云南，走向全国，打入世界"的目标，全力打造的云南民族文化精品和文化产品。

《云南映象》积极地将云南的美好形象推向世界，将最能代表云南的文化品牌与商务品牌联姻。

2006年9月24日，云南映象文化产业发展有限公司与西双版纳勐海县福海茶厂签约，强强联手组建西双版纳州云南映象茶叶有限公司，势头正热的云南普洱茶正借《云南映象》"走出去"。

通过第一百届广交会50华诞辉煌庆典，云南映象领军77家云企营销世界。从平常杯中茶水到"七彩云南"高贵翡翠，云南映象正在一步步用无国别障碍的原生态文化，为云南商务经济代言。

为配合云南商务全力投入广交会百届辉煌庆典，杨丽萍推迟了原定赴欧洲巡演计划。民族的就是世界的，能利用云南民族文化助力地方商务更好地走向世界，这才是"云南映象"品牌价值最大化的延伸。杨丽萍说：

> 我是云南人，能够代表云南参与广交会百届庆典这样的活动，是一种骄傲，也是一种荣幸。

云南省商务厅副厅长李极明说："云南省处珠江之源，广东省在珠江尾，两省同饮一江水，是珠江把云南和广东更加紧密地联系在一起。虽然我们没有华为、中兴这样的大型科技企业，也没有深圳、珠海等经济特区，但是我们有'云南映象'，有云南最博大精深的民族文化，这是我们最纯粹的财富。"

李极明表示，《云南映象》在国内文艺演出中获数个第一，表现的是根植于云南少数民族原生态的生活。这次百届广交会庆典演出是一种尝试，这是云南经济文化化、文化经济化、经济文化一体化的尝试。

10 月 15 日，既是第一百届广交会 50 华诞辉煌庆典，也是云南省首次由文化品牌领军商务企业叩响营销世界的大门。

在这次第一百届广交会上，云南代表团的规模超过历届。百届广交会期间，云南省展开了一系列宣传云南的活动，通过"一条江、一壶茶、一枝花"对云南优势产业做出重点推介。"一条江、一壶茶、一枝花"分别指珠江、普洱茶和云南鲜花。

云南省交易团还带来了包括云南 157 个著名景点的价值 3700 元的云南景点通票，凡购票入场的观众可凭票外加 100 元，自由选择注册成为这套通票的会员。

云南省希望"云南映象"成为云南商务的精品名片，借以宣传云南，让云南走出国门，走向世界。云南省商务厅副厅长李极明一语道破：

> 一个地方的知名度就是商机，我们就是要让"云南映象"成为云南商务的精品名片。

李长春考察百届广交会

中共中央政治局常委李长春十分关心广交会。2006年10月28日，在第一百届广交会正如火如荼举行之际，他利用到外地考察的间隙，于周末专门到广交会现场考察。

李长春鼓励参展企业进一步树立和增强品牌意识、质量意识，提高自主创新能力，培育和发展自主品牌，创造出更多的名牌产品和驰名商标，并勉励广东省实施好名牌带动战略，狠抓自主创新，建设创新型广东。

李长春对他曾经工作过的广东充满深情。28日中午，刚刚抵达广州，李长春就到珠江边考察，了解一直关心的珠江治污情况。秋日珠江，水波不兴，水质较好。李长春比较满意，他对陪同考察的省领导同志说："珠江的治理效果不错，接下来要进一步加大力度，扩大战果。沿江各市也要积极配合，群策群力，搞好治污，保护好珠江水质。"

接着，李长春来到广交会琶洲展馆考察。与他历次考察广交会不同的是，这次广交会适逢50华诞、百届盛典。

一见到广交会的有关负责人，李长春就急切地询问成交情况。当了解到本届到会客商已逾19万人次，成交金额稳定增长，不算尚在进行的第二期，刚结束的广交会第一期成交额就超过 220 亿美元，比上届增长 5.8%，比去年秋交会增长 15.6% 时，李长春满意地点点头，又关切地问起琶洲展馆二期工程的进度。得知二期工程已经启动，预计 2008 年可投入使用，届时广交会展位总面积将居世界前列，他欣慰地笑了。

在成交活跃的会展现场，李长春走进一家又一家展位，与参展商聊成交情况、谈发展之道。

广东食品进出口集团公司展位琳琅满目的商品，吸引了李长春。他拿起一瓶酱油，问道："这就是珠江桥牌酱油？"工作人员回答说："是的，珠江桥牌酱油占全国出口额的 43%。"李长春连声说"好"。

听到一瓶小小的 150 毫升的珠江桥牌酱油，在瑞典卖到 18 瑞典克朗，约合 18 元人民币，李长春更高兴了，说："有了品牌就是不一样，可以大大提高产品的附加值。"

"品牌"是李长春在考察中提得最多的一个词。青岛金王集团的展位摆满了各种蜡烛，几位外国客商正在谈生意，见到李长春就停下来微笑致意。

李长春用英语向他们问好。他们用生疏的中文自我介绍说来自意大利。一位女客商拿着一根很粗的蜡烛，说："中国的产品很棒，我们很喜欢。"

李长春听了，热情地与他们握手。

欧美家庭几乎每天都要用各种蜡烛，全球每年蜡烛市场的需求是 100 亿美元，欧美国家占了三分之二。李长春亲切鼓励参展商，"小商品，大市场"，你们要千方百计打出自己的品牌，更多地占领市场。

在厦门纽威轻工有限公司的展位，李长春再次强调了品牌的重要性。这家公司的圣诞礼品畅销西方国家。他拿起一个"花仙子"娃娃，与参展商聊了起来。

厦门纽威轻工有限公司负责人说，产品都是公司用自己的数字模具设计生产出来的，现有 3000 多个品种，公司每天都要研究市场变化，研究欧美客户的心理。

李长春问道："你们在国际市场知名度如何？"

负责人深有感触地说："我们有品牌，又借助广交会的好平台，销路一年比一年好。"

李长春感慨地说："产品有没有知名品牌，价钱会相差几倍甚至上百倍。"他勉励企业进一步打响自己的品牌，并希望全世界都用上中国做的圣诞礼品。

李长春一口气考察了 10 多家展位，他的亲和幽默给人留下了深刻印象。深圳市永丰源实业有限公司的陶瓷十分精美，李长春看完后对公司负责人说："为感谢你的热情介绍，我也送你一个礼物。"然后用粤语说道："恭喜发财。"现场响起热烈的掌声。

广东雄英集团的工作人员见到李长春走来，就高喊"李书记，李书记"，硬是将李长春"请"进了他们的展位。

看着公司的名字，李长春幽默地问："怎么不是'英雄'集团？"

负责人笑着说："这样更能让人记住。"大家都笑了起来。

李长春一路走，一路与中共中央政治局委员、广东省委书记张德江等广东的负责同志交谈。李长春说："现在的企业品牌意识明显增强，自主创新热情高涨，这是好事。品牌意味着生存发展，意味着竞争优势，意味着巨额利润。我们要保护好他们的品牌意识，并采取有力措施，使他们进一步提高自主创新能力，培育和发展自主品牌，创造出更多的名牌产品和驰名商标。"

李长春对广东省大力实施名牌带动战略，狠抓自主创新，建设创新型广东给予了充分肯定。

省委常委、广州市委书记朱小丹，省委常委、秘书长肖志恒等一同参加了考察。

百届庆典

盛大百届广交会胜利落幕

琶洲上空盛放的焰火，5000人盛况的庆典，温家宝掷地有声的"更名"宣言，热闹的酒会，亲切的座谈会，喜庆的歌舞集会……历时半月，曾给我们如此深刻记忆的第一百届广交会，于2006年10月30日18时顺利落幕。

根据大会公布的数字，截至10月28日，到会的采购商共18.8万人，比第九十九届、第九十八届广交会均有所增加。本届广交会，广东全省参展企业成交88.5亿美元，较上届增长5.7%，占大会成交总额的26%。

根据广交会组委会统计，本届广交会成交及采购商到会稳中有升，欧盟、美国和中东成采购主力军。

本届广交会上，参展企业的小商品如拉链、铅笔、橡皮等展位吸引了众多采购商，小商品做出了大市场，带来了高效益。

在上海浔兴拉链制造有限公司的展位上，各种外形精致、美观的拉链，吸引了来自世界各地的采购商，业务员不亦乐乎地忙着招呼前来询问价格的客人。二期开幕以来，已接订单近400万美元。该公司负责人说，虽然拉链属于小商品，但一样有大市场。通过广交会，公司不断结识新客户，开发新市场，2005年拉链出口规模达 2400 万美元。

作为最后一届纯出口的交易会，第一百届广交会以圆满的姿态结束了一段历史。从这一天起，广交会站上了新起点，成功与热闹已属过去，它激励着广交会拥抱新一轮"变"的浪潮。

中国国际贸易学会常务理事周世俭教授说：

> 三五人的小公司在广交会一炮而红的时代正在逐渐远去。原因很简单，单件产品难有说服力，价格手段的效力也在下降，品牌、创造力、信誉、交货期、技术标准等，广交会同行竞争，拼的是综合实力。
>
> 正因为如此，"看样成交"，这项广交会延续了一百届的"看家功夫"，正逐渐褪去光环。随着不少大企业视广交会从"卖场"变为"秀场"，"展示形象、推广品牌"这项功能的分量越来越重。

广州会展产业研究所所长刘松萍说，国际顶尖大展几大功能依次是：展示品牌和企业形象、集聚客户与同行互相交流、昭示行业发展潮流、发布新产品、现场洽谈成交。

广交会是中外交易的最大平台，而广东也早已成为不少产品在中国最大的集散地，燃料油、塑料、玩具、电子、服装、鞋等，都是这样。"在这种情况下，有充足的理由诞生一批'广交会价格'或'广州价格'。"周世俭说。

如果说，纯粹出口的广交会是会展史"特例"，那么今天这个"特例"已成过去。没有人能够否认，更名是一道分水岭，从第一〇一届开始，仅仅加入一个"进"字，广交会就"完整了"，从此海阔天空。

建立成熟的进口体系，确立"出口是成绩、进口也是成绩"的观念，规范进口秩序，这些当务之急都压在广交会肩上。中外展商同台竞技，中外买家会聚一堂，必将迸发出最精彩的瞬间。正因为如此，已经承担中国一般贸易出口额四分之一的广交会，也必定能够担当得起引领和扩大中国进口的大任。

百届辉煌已经永载史册。第一百届广交会闭幕的同时，也拉开了进出口贸易协调平衡发展的新时代。广州这座中国会展之都，因此平添了升格为世界会展之都的底气。

二、 辉煌历史

● 周恩来指示说："我们每年两届交易会，是一个交流经验促生产的好机会"，"要把交易会作为推动国内生产发展的一个重要场所"。

● 严亦峻说："全面扩大宣传介绍我国出口商品；更广泛地邀请港澳以及东南亚部分近东地区的华侨和当地民族商人参展；以顺利开展今后工作，争取更多成交。"

● "注意事项"规定：在日常生活中接待外宾应该态度和蔼，举止大方，言语行动要彬彬有礼，不得随便嬉笑，举止轻浮。

新中国开始举办广交会

1956年11月，在广州中苏友好大厦，以"中国国际贸易促进会"的名义，举办了为期两个月的"中国出口商品展览会"。

这是中华人民共和国出口商品第一次按系统、有组织、大规模地呈现在世人面前。

由于办得非常成功，展览会结束后，决定暂不撤除展品，继续开放参观。

《人民日报》当时发表社论，阐述了展览会的重要意义。这次展览会成为创办广交会的预备会，也就是广交会的前身。

进入21世纪，各式会展在广州遍地开花。但在当年，中华人民共和国初建物资交流会有着非常重要的意义。

在20世纪50年代中期，美国等一些西方国家实行敌视中华人民共和国的"封锁、禁运"政策。

在当时，同中国建立外交关系的国家只有20多个，中国的对外贸易处于初始阶段，约占四分之一的对外贸易额是与当时的苏联和东欧国家及朝鲜、越南、蒙古等国家进行的账式贸易。

而此时，中华人民共和国刚刚成立，第一个五年计划开始实施，大量建设物资如橡胶、化肥、钢材、机械甚至沥青，都需要从国外进口，但进口所需的外汇却很难得到。

怎么打破西方封锁，获得外汇，中华人民共和国领导人苦苦思索，当时想了许多办法。

1955 年、1956 年两年间，在广州先后举办的内贸、外贸相结合的"华南物资交流大会"、"广东省物资展览交流大会"和两次"广州出口物资展览交流会"，便是中华人民共和国获取外汇的一个重要渠道。

在当时，这 4 次物资交流会也只是试探性的做法，想不到却博得满堂喝彩，参会的国内外客商相当踊跃，每次交流会均成交上千万美元。

香港远大贸易有限公司总经理李欢，是几乎每届广交会必到的"老广交"。

他与广交会结缘，可追溯到 1956 年在文化公园内举办的以展示农产品为主的"华南物资交流大会"。

李欢后来回忆说：

当时的物资交流会的对象主要以港商为主，也有少数东南亚客商参加。

这 4 次规模不等的物资交流会，凭借着广东与港澳和华侨联系紧密的优势，在推动外贸发展及其出口创汇方面，都取得了一定的成绩。

1955 年 10 月 3 日开幕的"广州出口物资展览交流会"，进行了将近两个月，原定成交指标为 2000 万港元，而实际完成了 3500 多万港元，大大超出了预期。

连续几次物资交流会的成功举办，极大地鼓舞了人心。

当时，外贸部驻广州特派员、中南外贸局局长、后来担任广交会第一至第十九届秘书长的严亦峻就想，既然小型的办得不错，何不办个大型的，把全国各行各业的外贸公司都集中到一个展览会上，请外商来洽谈，当面成交，发挥整体的效应，给国家争取更多的外汇，支援国家建设。

当时，严亦峻在广州担任外贸部驻广州特派员，就把这个想法对时任广东省委书记的陶铸讲了，陶铸也大力赞成。

严亦峻考虑再三，终于在 1956 年 6 月中旬，以个人名义向外贸部发了一封电报。

电报主要内容写了广东省在 1955 年、1956 年的展会情况，说明展会的作用。

电报写道：

以前许多港澳同胞对国家有误解，但是自从他们参加了前几次交流会以后，看法有所改变，成交量也越来越多。

同时，严亦峻还列举了4条举办展会的益处。

电报中还写道：

1. 全面扩大宣传介绍我国出口商品；

2. 更广泛地邀请港澳以及东南亚部分近东地区的华侨和当地民族商人参展；

3. 熟悉东南亚市场，收集情况，以顺利开展今后工作；

4. 组织交易谈判，争取更多成交。

最后，严亦峻以举办全国性展会的四大益处，建议外贸部当年9、10月间，在广州举办大型的全国性出口商品展览交流会。

这个建议经外贸部同意试办后，上报国务院，得到了周恩来的重视和批准。

国务院9月上旬下发电报，同意这个建议，同时通知各部委予以支持。

从发出申办电报到展览会开幕，仅用了4个多月时间，这种效率即便在后来也是毫不逊色。

于是，1956年11月至1957年1月，在外贸部和广东省政府的双重领导下，以中国贸促会名义主办的"中国出口商品展览会"，在中苏友好大厦举办。

这是中国出口商品第一次按系统、有组织、大规模地呈现在世人面前，也是广交会的"试验田"。

当时办得十分隆重，给许多参加的外国人都留下了深刻印象。

在一个周末晚上还进行了烟花表演，表演在广州中苏友好大厦前的象岗山上进行，象岗山就是现在的中国大酒店所在的位置。当时，现场气氛十分热烈，在场的外宾们巴掌都要拍"烂"了。

那时的烟花表演与现在不一样，不在天上，而是在地上。当时放了很多，有"仙女散花""三英战吕布""八仙过海"等极具中国传统典故特色的表演。

比如三英战吕布，两个彩色纸扎的人形公仔相互舞动，身上喷出焰火，活生生的三英战吕布仿佛就在眼前。最后，还有热闹的载歌载舞表演，老外看得如痴如醉，有些还兴奋得跳起来。

由于办得非常成功，展览会结束后，决定暂不撤除展品，继续开放参观。

在中国出口商品展览会顺利举行的同时，严亦峻又积极建议外贸部每年都在广州举办出口商品交易会。

一次又一次的好成绩，坚定了党和国家领导人的信心。

不久之后，中央作出指示：

> 像这样集中展出，当面洽谈，看样成交的成功做法要继续办下去。

经批准，1957 年 4 月 25 日，由中国各外贸公司联合举办的"第一届中国出口商品交易会"，在中苏友好大厦开幕。

当时，展馆面积只有 1.8 万平方米，广交会租用的展出面积约 1.4 万平方米。

中苏友好大厦即为现在的广州交易会展览馆 5 号馆机械大厅。当年第一、第二两届交易会出口总额为 8687 万美元，约占全国当年创汇现汇的两成。

当年广交会的举行是一件非常隆重的事情。在第一届广交会的开幕式上，除了敲锣打鼓舞狮子，还有红绸舞、秧歌舞等歌舞表演，市民围了个水泄不通。

其实，那时大家都不知道交易会是怎么一回事，剪彩仪式一完，大家都拼命往大门里挤，想先睹为快，一天下来，许多人连皮鞋都被挤破了。

参加广交会的机会很难得，人们翻箱倒柜找出自己最好的衣服参加广交会。男人一般穿西装，女人则以连衣裙居多。

参加过首届广交会的老广交、广州轻工出口集团的退休职工梁永淞说，他当年花了半个月工资，特意在香港买了一套西装参加广交会。

有了胜利的第一届，从此以后每年春、秋两季广交会开始定期举行。

其实，首次广交会的展品还是上年展览会的东西，只是作了一下调整、补充而已。

自此，广交会登上了风云际会的历史舞台。广交会横空出世，从而一步一步迈向了百届不息的辉煌。

交易会之所以落户广州，实在是天时、地利、人和的结果。

1949 年 10 月 14 日，中国人民解放军解放广州，在继续南下深圳时，却未跨过深圳河。

历史档案显示，为了打破以美国为首的西方资本主义阵营对新中国的全面封锁，保留香港作为"国际通道"的地位，毛泽东作出了暂不收回香港的战略决策。

而广交会，便是这一决策的直接受益方。

若干年后，通过香港到广州，成为东南亚商人到中国做生意的唯一渠道。

广州独特的地域优势，加上广州本来就是千年商都，商业氛围浓厚，并有多次承办展会的经验，因此，广交会能在广州扎根，并经历了半个世纪的风雨，发展成为"中国第一展"。

周恩来关心广交会

无论历史的长河怎样流逝，人们也永远不会忘记周恩来对广交会的重视与关怀。

周恩来曾经先后 6 次到过广交会，他为广交会工作所作的批示更是不计其数。透过老广交们的回忆，人们可以看到周恩来为发展中国外贸易事业所做出的丰功伟绩。

广交会的创办以及它的两个"特殊时期"，都得到了周恩来的精心呵护。

在中华人民共和国成立初期，国家建设所需的大量物资因缺乏外汇无法解决，急需寻找一条扩大对外贸易的渠道。这时，外贸界人士在总结广东物资交流会经验的基础上，建议凭借与港澳客商联系密切的优势，在广州举行全国性的出口商品交易会。

这个建议得到了周恩来的重视与支持，国务院很快批准了这个报告。从 1957 年起，中国出口商品交易会每年春秋两届定期在广州举行。

1958 年，在一次接见外贸部的有关负责人时，周恩来表示，中国出口商品交易会这一名称太长，既然在广州举办，干脆简称为"广交会"。

于是，广交会这一称呼便在业内流行开来，并深入人心。所以，周恩来不但促成了广交会的诞生，而且是将中国出口商品交易会简称为广交会的第一人。

在"三年经济困难时期"，出口物资紧缺，货源受到影响，周恩来亲自发出指示，要求各省市领导支持广交会。在周恩来的重视与支持下，出口货源基本得到保证，广交会年出口成交保持在 2.7 亿美元的水平。

广交会自创办以来，长期为两个问题所困扰。

一是展馆场地太小，一是来宾接待能力不足。广交会曾三迁其址，其中两次得到周恩来的关怀。

1958 年秋，周恩来陪朝鲜民主主义人民共和国金日成主席，在侨光路 2 号中国出口商品陈列馆参观出口商品时说：

展馆太小，应建一座大馆。

时任广东省委书记的陶铸同意建大馆，并提出将位于海珠广场新建的中国出口商品陈列馆，列为广州市建国 10 周年大庆项目之一，在 9 个月内迅速建好，于 1959 年秋交会投入使用。

当时，中央为此拨出一万吨钢材，分别给陈列馆和羊城宾馆两项工程使用。羊城宾馆即后来的东方宾馆。

1959 年国庆前夕，一座高 10 层、展场面积 3.45 万平方米的新展馆在海珠广场落成，第六届广交会乔迁新址。

20 世纪 70 年代初，广交会场地不足的矛盾更加突出。按照周恩来的批示，以中苏友好大厦为基础扩建广交会新馆。新馆建筑面积 11 万多平方米，于 1974 年春迁入。

在解决来宾接待问题上，周恩来作过许许多多的批示。1972 年 11 月 3 日，他在新华社反映广交会期间外宾住房、饮食、车辆问题的清样上批示：

> 此三事非解决不可，即使只剩下半个月，也不能马虎。

同时，周恩来还对如何解决这些问题作了具体指示。1973 年 4 月 29 日晚，周恩来在听取外贸部关于广交会情况汇报时又说：

> 宾馆还是不够，商人还睡帆布床，不要大意。

周恩来指示广东省委"抓紧解决这些问题"。

为解决广交会接待用车，1972 年经周恩来指示，从北京调来 100 辆轿车，并配备司机。

1972 年 10 月 29 日，周恩来在广交会一份情况报告上批示：

最好省、市委一般委员合为一组两人，都分到一个单位去服务，做出示范作用。省、市党委的书记、主任、常委，如能分到各单位临时检查，一两天去一次，就更能收效。

如何，请酌！

在周恩来的具体关怀下，广东省、广州市的领导都亲自抓交易会的服务工作。广州市的交通业、旅馆业等也因此得到长足的发展，外宾接待能力有了改变。

广交会在国际贸易界人士中有很高的信誉，这与周恩来的精心培育是分不开的。

1971 年春交会，有外商反映我们的外贸企业不能认真履行合同。周恩来知道后，立即批示说：

今年春交会闭幕后，各省市、各总公司的同志不要马上走，要很好进行总结。

有一些外商指出我们不能按合同交货，贸易函电迟迟不复。各省市争着成交，成交后又不认真履行合同。我们是社会主义对外贸易，这样对外影响不好！订了合同就要按期交货，不交不可。

1972 年 10 月 22 日、23 日，周恩来在看了秋交会第一期简报和新华社国内动态清样，反映广交会货源不足，希望有关省市大力支援的报道后，周恩来连续作了两次批示。由于周恩来的重视，广交会的出口货源得到保证，1972年秋交会和1973年秋交会，出口成交额分别突破10亿美元和15亿美元。

1972年4月9日，周恩来在广州军区礼堂接见广交会代表时，强调要重视出口商品的质量。周恩来批评了犀牛牌衬衣等一批质量不好的产品，并指示，离春交会还有5天，有问题的产品都要马上撤。质量问题非抓紧不可。

周恩来说："要把劣质的生产厂子淘汰一些，改进以后还可以让他们搞。"

由于周恩来的重视，广交会一贯奉行"平等互利、互通有无"和"重合同、守信用"的原则，因而受到国际贸易界人士的广泛信赖。

利用广交会信息、产品、技术、人才集中的机会，开展调查研究和经验交流以促进生产，这是周恩来一贯倡导的。

1970年4月26日零时30分至4时15分，周恩来审查了春交会展馆。

在茶叶土产馆，周总理问，茶叶亩产多少。交易团负责人答不出来。总理说，做外贸工作的人要了解生产情况。要通过每年两届交易会，促进国内生产。临走时，周恩来又指示说，交易会要办学习班，要交流经验。外贸要促内贸，促生产。

1970 年 7 月，周恩来在接见一机部所属工厂代表时指示：

> 我们每年两届交易会，是一个交流经验促生产的好机会。
>
> 要把交易会作为推动国内生产发展的一个重要场所。

在周恩来的指示下，1971 年春秋两届交易会，组织了全国 100 多个生产科研单位赴会，并与国外 60 多家厂商进行了座谈。

这次活动获得了一批有重大参考价值的资料，广泛了解了一些发达国家的最新科学技术，以后还组织了多次各种形式的经验交流。

在计划经济的年代，利用广交会进行交流学习，对促进国内生产起到了很好的作用。

周恩来的这些教诲，对广交会的发展具有深远的影响。

周恩来对广交会的关心可谓细致入微。周恩来几次来广州都到广交会，广交会秘书长严亦峻几次都陪同了。

周恩来在广交会边看边问，尤其关心出口成交、合同落实情况。一旦发现问题，马上指示有关部门着手解决。

一次，某涉外宾馆发生了集体食物中毒的事件，在周恩来的及时指示下，卫生部部长迅速从北京带了 3 批医生到广州处理这一事件，由此可见周恩来对广交会的关心程度。

老广交张清华对一件小事记忆犹新。

他说，有一年，周恩来到广交会视察，当时交易会的出入证是一枚纪念章，进展馆之前由一位交易会领导给周恩来戴上。由于这位交易会领导当时年纪也大了，手比较笨拙，而纪念章背后的别针又小，因此他给周恩来戴了几次都没戴上去。

周恩来当时就说："这个纪念章用别针是不是太麻烦了，今后我们可以做个出入证，插在上衣口袋里就简单多了。"

从此，广交会的出入证告别了纪念章时代。

还有，参加过广交会的人们可能会注意到，广交会会所的铁围栏是透光、平顶的，为什么？这在当时全国各地的建筑物围栏中几乎是很少见的。其实，这也与周恩来有关。

当时，广交会设计的铁围栏是尖顶带矛头的。当周恩来知道这件事后，说广交会会所是外商活动场所，建筑物不宜搞得那么森严，并亲自指示修改图纸，把它筑成现在这样透光、平顶的铁围栏。

大到汽车，小到出入证、围栏，周恩来的管理工作真正做到了细致入微。

这让经历过那个时代的老广交们，在几十年后还感动不已。

广交会原办公室主任邓仰尧还清晰地记得，在1967年春交会开幕后的第二天晚上，当时他在宿舍刚睡着，就有同事来敲门，说有重要任务。

邓仰尧后来回忆说：

> 当时搞得挺神秘的，我们都不知道是什么事，分派我只是在会馆7楼的毛主席著作馆前站着。不一会儿，周恩来来了！在陈列着毛主席著作的展台前，周恩来向广交会的领导指出，不要把毛主席的著作摆在太突出的位置，展台里也要多摆放一些马恩列斯的著作。在作出指示后，总理还和我们工作人员一一握手。

说到这里，虽然已是几十年前的事情，邓仰尧还是抑制不住内心的激动。

周恩来曾先后6次来到广交会视察参观。

而一直在外联处工作的叶招凤老人，在讲述总理的6次到来时，简直如数家珍。

叶招凤说："第一次是1958年秋，周恩来总理陪同金日成参观交易会，当时我刚参加工作不久，就这么近距离地看到了总理，都觉得有点难以置信。第一眼看到总理，我就觉得他是那样的和蔼可亲，风度翩翩。"

"第二次看到周恩来总理是1965年，当时我的孩子

都已经 3 岁了。"叶招凤回忆说，

　　这年总理是陪乌干达的总理来的，一天晚上我刚从托儿所把小孩接到办公室，正准备回家，就听说周恩来总理会来视察。

　　一听总理要来，大家都不愿走了，于是我就带着孩子在办公室边加班边等，就为见敬爱的总理一面。

　　总理一到，就主动跟加班的同志们握手，并致以慰问，等走到我这里时，他还摸着小孩的脸蛋，笑着说："小朋友，你也是来加班的吗？"

周恩来每次来，说的每一句话，叶招凤都铭刻在心，这些经历是她终生难忘的幸福回忆。

制定接待外宾注意事项

在交易会期间，接待外宾是一件很严肃的事，而接待人员也有着严格的纪律。

广东省纺老员工李志忠是为数不多的亲历首届广交会的人士，后来他回忆起一些广交会上的趣事时说："第一届广交会，我们有幸参加，公司领导号召大家要穿得好一点，因为参会人员代表了国家形象。"

20世纪五六十年代的广交会，接待外宾要遵守严格的外事纪律。外宾的礼物一概不能收，就连一支香烟也不能接。但连一支烟也不能接似乎不太礼貌吧，于是广交会的领导们就想了一个折中的办法，让业务员们带着中华牌的香烟，如果外宾递过来一支三五牌香烟，接待人员就回一支中华牌香烟，这样便互不相欠，达到了既不失礼又不收外宾礼品的目的。

由于工作刚开始，许多具体规定都是领导口头制定，没有明确的书面规定。因此，在1958年的秋交会前夕，交易会编印了一份《接待外宾人员的仪表、礼貌等注意事项》，提出了几点接待人员在工作中应注意的事项。

这份"注意事项"中规定，在日常生活中接待外宾应该态度和蔼，举止大方，言语行动要彬彬有礼，不得随便嬉笑、举止轻浮。

在路上遇到熟悉的外宾时，应该打招呼，并脱帽握手，但交谈时不要问外宾到哪里去和吃过饭没有。

对女宾要处处表示尊重和照顾，行走时让女宾先走，下车下楼时男子先下，上下电梯时让女宾先行。在电梯中遇有女宾，男子应该脱帽。吸烟时也要先让女宾并替她点火，如女宾不吸烟，也要先问女宾是否反对。

由于当时我国没有制定正式的礼服，因此男子常用的礼服为黑色和藏蓝色的中山装、白色衬衫、黑色皮鞋；而女子应当尽可能地穿旗袍或者裙子，服装的颜色，白天应该穿浅色的，晚上应该穿深色的，鞋袜颜色要和衣服的颜色调和。如女子穿长筒袜子，一定要用肚袜带吊紧，不要在腿上形成褶皱或者在腿上套松紧带。

"注意事项"还提醒，在任何场合中，如发现自己服饰有不妥之处切勿慌张，应沉着冷静，利用适当的机会从容改正。

"注意事项"要求接待人员要对对方国家的一般情况、习惯风俗、信仰爱好、禁忌避讳等，都应有相当的了解。如房间的安排，给西方国家外宾的房间应该注意避免 13 号。此外，对吃素食和信奉伊斯兰教的外宾的饮食、餐具，更应加以注意，以免引起误会。

而外宾参观游览时，提醒他们自带照相机要照相应当事先联系好，避免发生带了相机不让照相，照了要扣胶卷的事情。

业务来往之间，吃饭是常有的事情。但在那个年代，不能与外国人太亲密，但客户请吃饭怎么办呢？领导们说，如果客户要请吃饭的话，必须向上级汇报，要有科长以上级别的领导一起陪同。并且客户请一顿饭，接待人员也要回请他们吃一顿饭。所以，当时为了避免出现问题，吃饭这些事情最好还是能免则免。

当时，客户很喜欢到十三行那里的利口福酒家吃饭，常常是中午外宾请吃饭，接待人员便在晚上随即回请客户。李志忠说："绝对不能占客户的便宜。"

但是，即便是请吃饭，也不是那么容易的事。在今天看来，饭桌上谈生意是再正常不过的事了。然而，在广交会开办之初，正逢国内的生活物资非常紧缺的困难时期，那时要请外宾吃饭也必须先打个报告，领导批准了才能请。除此之外，陪客人员的比例和标准也都有着严格的要求。

在第一届广交会上，大会下发了一份题为《关于宴客的一点意见》的文件，里面记载了广交会开办之初，有些交易团铺张浪费的现象。

文件里这样写道：宴会是搞好客户关系的方法之一，但我们发现有些单位在短短的时间里，宴客开支已经超过千元，有些交易团请了，口岸公司还要请，合营公司也要请，甚至个别单位以10多个干部陪一个客人。有些陪客的主人比客人多好几倍，有些单位的负责同志几乎每天都有宴客的节目，有些准备的酒菜过于丰富，往往吃不完。还有些单位的同志一去洽谈室就喝茶抽烟，拿了就记账，据说洽谈室的烟，客人用得并不多，大部分都是自己同志吸掉了。

此外，还有的外商说："生意做不成，要饿肚皮；生意做成就有人请客。"

为此，大会要求各单位领导同志抓紧一点，防止浪费，注意节约，建立必要的宴客制度。并提议在适当时期，各交易团联合起来举行简单的宴会或酒会。

到了1958年的第四届广交会，大会就建立了严格的宴客制度。在这届秋交会前的1958年10月23日，大会制定了《各交易团宴客的安排办法》的文件。文件要求，为防止一客多请的现象，各交易团需要宴客时，由大会交际处服务科作综合安排。此外由于副食品供应紧张，为便于各酒楼做好准备，各交易团请在宴客前一天填写请客名单送服务科，以便及早安排。

而在菜与开支标准上，文件要求主客比例原则上不超过2比3。例如客人6人，主人4人；客人3人，主人2人。请客标准则是每人不超过人民币4元，烟、酒、水果除外。这个宴客办法直到改革开放以后才逐渐被废止。

曾经参加过18届交易会的广州轻工出口集团老职工骆毅强回忆说，当时要生意谈成了才允许请客商吃饭，而请客的程序是先填单，并注明人数、开支等，然后送上级报批，领导批准后才能请。

"适可而止，又不失国体，是当时宴请外宾的基本原则，"骆毅强说，"当时请客吃饭，饭桌上聊的大多是产品在国外的销路，很少拉家常。"

还有与外国客人做生意，要注意国别问题。曾在首届广交会上负责接待东南亚客户的老广交梁永淞说："并不是所有国家的客人，你都能与他们做生意，要遵守'国别政策'。比如美国、日本、韩国，那时还没有与中国建交，所以即使有生意，也不能随便与这些国家做。"

那个年代的广交会，国家外经贸部派出的有专门的"对美贸易小组""对日贸易小组"等各个工作组。国内的进出口公司要与这些国家做生意，须把合同送给这些"贸易小组"审查，没有问题才能与外商签订。直到1972年以后，中国与许多国家的外交正常化后，各个进出口公司才开始有自己做生意的权利。

1958年6月19日，外交部召集外贸部、公安部、总参警备部和中国国际旅行社等单位开会，讨论客商的出入境问题。

在当时的会议记录摘要上，还明确了1958年秋交会邀请外商办理入境、居留、旅行和出境手续的办法：

凡来自设有我国外交代表机关的国家的外商，不分国籍，均可凭交易会请帖向我驻该国领事馆或代办处，办妥由深圳入境到广州的签证后入境。

而对于应邀参加广交会的和我国尚未建交的资本主

义国家商人，由广东省外事处发给目的地只限广州的
"外国人入境证"，并贴好照片，来华事由一栏写明"参
加出口商品交易会"，并不需要写有关其护照各项。外商
凭此"外国人入境证"入境，出境时由公安部门发出境
证，我检查站可不管其所持护照情况。

为客人提供最优质服务

在三年经济困难时期，国内供应的生活必需品非常紧张。当时一切都要节约，连一颗钉子都不能随便乱用。

在交易会筹备期间，工作人员利用三角板、木头、钉子等材料，在广交会中隔开一个个空间作为展馆。闭幕后为了节约，服务员就将一根根钉子从木头中抽出来，把木头和钉子分别放好，留着下一届交易会再使用。

一位老广交回忆，当时交易会开馆虽然一年只有两届，短短的一个月时间，但为了厉行节约，一到闭馆，大家就赶紧到展馆内起钉子、砍木头，废物利用。

这位老广交至今还清晰记得当时的一件趣事，她回忆说：

> 有一次我蹲着从木板上拔钉子，用力太猛，一屁股就坐到了后面木板的钉子上！现在很多人想到这件事还经常笑我。

在这样艰难的岁月里，寻常老百姓十天八天吃不到肉，是极稀松平常的事情。然而，即便是在物资匮乏的年代里，即便是勒紧裤腰带过日子，广州人还是坚持拿最好的东西招待客人。

除了最好的食物、最好的住宿、最好的服务，热情礼让的广州人，还喜欢带着交易会的客人看表演、逛公园。这便是广州人一贯的待客之道。

当时的交易会来宾分为内宾和外宾，其实也就是后来的参展商和采购商。老广交刘宽智回忆说，在计划经济的条件下，国内供应的生活必需品非常紧张。广州城市居民的副食品和粮油供应也很紧张。

大概是在1959年的4月，广州规定老百姓一律实行凭票购买猪肉、牛肉、羊肉和鲜鱼等。后来连猪肉供应都没有了，蔬菜供应量也减少了。

但是，为尽地主之谊，交易会内宾每人每天供应猪肉由5分钱的标准增加到1角钱，即约50克猪肉，香皂、肥皂、香烟等商品的供应量，都给予适当照顾。而这50克猪肉是广州集全国的力量，能够拿出的最好的待客东西。

"在20世纪六七十年代，交易会就等于广州的节日，不能让外国客人看到我们商品短缺，特别是一些蔬菜、肉类的供应部门，千方百计到全国各地去组织货源，交易会一开始就投入市场。"刘宽智说。所以对于勒紧裤腰带过日子的老百姓来说，自然是"广交会一开幕就高兴"了。

比如羊肉、鱿鱼这些东西，平时市场很少供应的，交易会期间就会摆出来。

此外，为了准备物资，当时的蔬菜公司每到广交会，都会派出采购员到全国各地搜罗各种蔬菜，例如黑龙江的土豆、甘肃酒泉的洋葱、天津大白菜、山东的大葱、河南的蒜头等。

而且，来宾住宿都安排在当时广州条件最好的地方。广交会老员工张清华说，绝大多数外商一般住在爱群大厦，华侨安排在华侨大厦，港澳同胞住在南方大厦等地方。

再就是出行，都热情礼让。这是广州人的待客之道。广交会老员工梁炯说，在20世纪五六十年代，广州的主要交通工具是人力三轮车。当时每一辆三轮车上都写着来宾优先，由于来宾衣服上都别着鱼尾签，很容易辨认。

"鱼尾签"是早期广交会的证件，是布条式的，末端剪成了鱼尾巴的形状，所以广州人将这些"布条"戏称为"鱼尾签"。当时交易员佩戴的"鱼尾签"是浅褐色的，上面写着"中国出口商品交易会"几个黑色小字和"交易员"3个大字，只有编号，没有姓名，再盖上交易会的红色印章。参会客人的"鱼尾签"是粉红色的，其他的都一样，就是"交易员"改为"来宾"两个字。

来自香港、澳门的广交会客人比较喜欢乘坐公共汽车，广州市民看到"鱼尾签"后就会主动让座。

曾担任过中国对外贸易中心集团副总经理的刘采鹏回忆说，在20世纪70年代，广交会曾出现过用车紧张的情况，外商乘车十分困难，要在会场外排很长的队。周恩来知道后，立即从北京调配了100辆国产轿车运往广州，并派来了最优秀的司机。后来这一车队被外商们誉为周恩来派来的友谊车队。

除了吃、住、行这些日常必须服务外，广交会还配备了大量的服务员，专门为来宾服务。许多市民都有这样的经验，在给越小的绣花针穿线的时候，因为精神越专注，手就会抖得越厉害。在广交会洽谈室里，服务员为来宾斟茶倒水时，这种"颤抖"事例比比皆是。

从1958年起担任广交会服务员的麦桂环说，当时中国的对外贸易只有每年两次的广州出口商品交易会，一般老百姓见到外国人的机会并不多。

尤其是早期的广交会，都要向湛江、河源等地借调许多"外援"。来自山区的服务员第一次见到高鼻深目的外国人，竟然不敢过去倒茶。

麦桂环后来回忆说，新服务员双手捧着茶杯出发，每步都战战兢兢，杯子因手颤而发出"咯咯"响的清脆声音。首次斟茶的服务员走完这个坎回来，"一摸手指，竟然都是凉的"。

即使这样，能在广交会工作还是令人羡慕的。1961年秋交会期间，麦桂环听到有个市民经过交易会现场羡慕地说了一句，"能进去工作就好了"。

麦桂环说，实际上在交易会里面工作的待遇并不高。但在三年困难时期，交易会工作人员的工作餐确实要比外面好，服务员早餐起码有面包。交易会里面有个小卖部还有牛奶供应，但限于病号才能配给，比如有肺病的病号每人可配250克鲜奶。她说："在交易会的饭堂中，我们也吃过蔗渣粉。"

为了更好地服务国内外来宾，每届交易会开幕前，服务员都要接受培训。培训分为两个部分，先是服务要求、外事要求和纪律要求等理论学习，然后做斟茶倒水等的实际示范。

当时服务员主要在洽谈室做茶水招待，要眼勤、脚勤、手勤，客人一到，马上倒上茉莉花茶，敬上牡丹牌或中华牌香烟。

茶水招待还有次序的讲究，欧洲等地的外宾要女先男后，港澳来宾则是男先女后。

除了日常服务，还有安全服务，广交会还有专门的保卫员。

在当时，开广交会最重要的就是保证政治上的安全，保卫员要防止特务来进行破坏。最初的广交会，往往会有不少特务等扮成来宾来打探情报。所以，每天开馆前要检查周围特别是墙角等，有没有定时炸弹等易燃易爆物品。闭馆后，要检查洽谈室的桌子底下有没有可疑物品，因为当时的桌子底有可放物品的小角落。

广交会结束后，许多展品都不拆走，留在原地进行陈列，展览会变成陈列馆供广州市民参观。这时，保卫员的主要工作重心转为防小偷流氓，不让他们对陈列品搞破坏。

广交会上外宾如云，为了保障他们的身体健康，服务员每天都要做不少工夫。除了茶杯日日消毒，还要时常检查茶里有没有被投毒，特别是在重要人物参观的时候。

越南国家主席胡志明到广交会喝的看似普通的一杯茶，背后却花了不少心思。

可见，要做好当时的服务，是非常不容易的，也说明了我国人民对广交会的极大重视。

●辉煌历史

广汽公司陪伴广交会成长

1956年，为了配合广州市日益发展的商业、外贸和旅游事业，迎接即将在广州举办的首届中国进出口商品交易会，市政府根据周恩来的建议，组建成立了广州市汽车公司。

这是继北京首都汽车公司之后，国内最早经营出租汽车的公司之一。

"广汽"建立之初只有60多辆营运车辆，全部是从外国引进的奔驰、王子、华沙、伏尔加等欧洲名牌轿车。

其中最高档的要数当时广州市唯一的一辆奔驰轿车，只有国家元首级别的贵客才够资格乘坐。

当年，车辆和司机的数量较少，每逢重大接待任务，车队总会忙得不可开交。

在交易会期间，虽然司机很忙很累，但却很自豪。每次把乘客送到宾馆、饭店后，司机可以享受4毛钱标准的一菜一汤和白饭随便吃的用餐待遇，而且还可以从公司获得每次3毛钱的误餐补助。

因此，在20世纪50至70年代，出租汽车司机是为人尊敬和向往的职业，被誉为广东"三宝"之一。广东"三宝"指司机、医生和卖猪肉的。

1966年第十九届春季中国出口商品交易会，广汽首次派出5位女驾驶员到广交会接待外宾，改写了广州市出租汽车行业和历届交易会一直是男司机独领风骚的历史。

物以稀为贵，"五朵金花"成了第十九届交易会最紧俏的"商品"，最受来宾欢迎。

"五朵金花"张新云、冯倩儿、钟少芬、李丽如、丘月园，从此也成为广州交通战线的光辉形象。

当年，一位参加交易会的加拿大来宾，为能乘坐上中国女出租汽车司机驾驶的小轿车，在华侨大厦门口等上一个多小时，终于坐上了钟少芬驾驶的出租汽车。

上车后，这位加拿大来宾不是马上到交易会谈生意，而是要求钟少芬带他绕圈子游广州，目的就一个，饱览中国女出租汽车司机驾车的英姿。

"五朵金花"之一的李丽如还遇到了一件趣事。

一次，10多名交易会来宾置斯文于不顾，蜂拥而上，挤向她的车。最后，李丽如只好一辆车同时载了3个不同目的地的客人。

"广汽"车辆发展到1970年的时候，仍只有100多辆营运车，宾客们想要坐车极不方便。

1972年，广交会甚至出现了大量外宾缺车用的尴尬场面。

在当时，为了缓解"广汽"的运输压力，中央立即从上海等地抽调一批国产上海牌轿车前来增援。

当时，小汽车在中国是标准的奢侈品，开小轿车是一件非常光荣的事情。所以司机远没有那么普遍，中央虽然从各地抽调100辆车，但光有车还不行啊，还需要从全国抽调司机。

因为时间非常紧迫，所以各地的司机都是坐飞机抵达广州，汽车则由火车运来。

1973年，周恩来特批增购200辆日本丰田皇冠等车辆加入广汽，并从部队中抽调一批军人充实司机队伍。

由于是接待外商，所以对司机要求很严格。

当时要求司机必须根正苗红，才能给外商开车。当时抽调来的很多都是22岁、23岁的帅小伙子，身材高挑，相貌端正。

这样一支司机队伍走在宾馆里，人们往往都会目不转睛地看半天。

在1978年春交会之前，外商住的宾馆里都有个出租车调度室，调度室贴着收费表，从一个地方到一个地方，都是定点、定线、定价目。

当年，出租汽车停靠在人民大厦、广州宾馆、流花宾馆等服务点等候调度，由乘客到站点办理租车手续，再由调度员根据乘客的需求向司机派单出车，司机不得中途载客。

为了方便外商坐车，在1978年春交会期间，广汽借鉴香港模式，推出了"招手即停"。

与此同时，收费方式也发生着变化。

1978 年以前，每一趟接待任务结束后，司机会根据里程表来计算出车辆本次的行走公里数，然后进行收费。那时，不论车辆的型号、大小，每公里 5 毛、6 毛不等，价格会根据市场的变化有升有降，并不固定。

1979 年，广汽在 300 多台出租车上试用计价器。广汽把当时的出租汽车分为了甲、乙两等，甲等车为 3 公里打表，起步价为 1.35 元，每公里价格为 0.45 元；乙等车同为 3 公里打表，起步价为 1.5 元，每公里价格为 0.35 元。

1979 年，广汽又进行了第二次车型改换，以进口车为主，牌子较杂，主要是丰田、本田、日产、五十铃、铃木等。

在改革开放大潮的推动下，广交会在蓬勃发展，广州出租汽车行业也迎来了春天，出租车辆剧增了近 10 倍。

在 20 世纪 80 年代中后期，由于限制进口车，广州出租车辆开始大规模选用夏利，还有少量桑塔纳普通型。

从 1996 年起，捷达车成为出租汽车公司首选，全市出租汽车统一车身颜色，其中市区出租小汽车的车身主体颜色为红色、车顶为浅银灰色，县级市的出租小汽车车身主体颜色为黄色、车顶为浅银灰色。

2002 年 4 月春交会，广汽开始推行"星级服务"，星级司机可根据不同乘客使用普通话、广州话和基本英语进行交流，受到中外客商好评。

辉煌历史

2003 年 8 月，广州出租汽车改色，千辆车以上一级企业可以自选车身颜色，并开始采用桑塔纳 2000、红旗或其他 1.8 升车型等。

广交会受到外宾真诚欢迎

香港大公报社编印的《1958年香港经济年鉴》中，有一篇名为《参加中国出口商品交易会经验谈》的文章，文章对参加广交会的意义，办理手续、业务成交等具体问题进行了深入的报道，表明了香港以及其他地方的客商对广交会的欢迎态度。

这篇报道首先介绍了到交易会谈生意的很多好处。文章中说，回内地参加交易会是进一步了解祖国建设成就，增进对祖国正确认识的良好方式。

因为住在香港，祖国许多建设成就虽然可以耳闻，但不如目睹来得具体而深入。而且耳闻的一些东西中，不少是某些别有用心的谣言，与事实是完全相反的。

不少经常回内地的工商界人士有这样的普遍观感，你上半年回内地所看到的城市，无论是北京、广州抑或其他城市，下半年回去，你所看到的城市面貌，已经和上半年所看到的有很多地方不一样了。如建筑物的增加，马路和街道的修理，绿化面积的扩大，车辆增多，市面更加繁荣，等等。

由于社会主义建设的成就，祖国的面貌在迅速地改变。每回内地一次，都增加一些作为中国人的自豪感，感到祖国的伟大可爱。

文章还报道说，不少侨商回国省亲探友，参观交易会前不知道祖国有这么多的产品可以出口，原来没有做生意打算的，参观后觉得祖国的产品品种很多，质量好，价钱低，因而也就和国内各对外贸易公司做成了不少生意，爱国又利己。

交易会是采取展览与交易结合的方式，凡是可以供应出口的商品都一一展出，客人可以根据需要和销售的可能随意选购。

在交易会当面看样洽谈的方式，是可以收到扩展业务、充分交换意见的效果。这样对经营者有很大好处，可以经营者担受的风险减少，利润相对有保障。如果你对某些样品表示怀疑，在广州口岸还可以看大样后再成交。

文章还提到，参加交易会手续非常简便，只需凭交易会请帖就可以优先而顺利地办理，每次交易会都在深圳设有接待站，安排办理转车到广州的一切手续。在到会参加交易期间，交易大会还备有各种各样的文娱节目，宾客们在业务繁忙之余，可以尽情娱乐。

广交会安全度过"非典"期

广交会规模日益扩大，商品质量与时俱进，马来西亚海鸥集团也相应追随其发展而发展。可以说，没有广交会的奶水滋养，海鸥没有可能如此茁壮成长。

马来西亚海鸥集团自创立以来，每届广交会都会派出代表参加，从未中断。进入 21 世纪，更是每届必派出七八位代表，这充分说明海鸥集团对广交会的看重。

2003 年 4 月的第九十三届广交会，由于当时正处于"非典"恶疾流行，人心浮动，海鸥还是派出董事经理陈凯希，到广州采办名优新特产品。

事实上，这一届的交易会，在会展领导人的精心策划下，把卫生保健做到了极致，提高到了最高水平，无论是出租车、酒店还是吃住等问题，都安排得有条不紊。

陈凯希一踏进广州市区，行人不见拥挤，气氛安详，没有人戴口罩。出租车司机表示，他的汽车每天洗刷洁净，一天两次内部消毒，抹擦亮丽。广州街道更是天天打扫，疏通沟渠，严禁吐痰，卫生干净可打满分，广州给人的第一个印象便是安全十足。

住进东方宾馆，也是窗明几净，员工在不断洗刷，一尘不染。侍应生精神饱满，一脸从容的态度，给人的感觉是舒适惬意。

在展会开幕当天，进入展场，广交会一切一如既往，展场展品井井有条，人流虽然比以往减少，但灯火通明，气氛很好，展品琳琅满目。参会者都没有戴口罩，一切都是正常操作，大家都自由走动，没有传说中恐慌的现象。

国内各省、市单位踊跃参与，展馆无一空位，工作人员个个坚守岗位。虽然国外的客商是少了，与往届不能比较，但港澳的采购商还是踊跃出席，到处都有人在忙着洽谈签约。

中国出口商品交易会副主任胡楚生知道海鸥代表团来了，特地在办公室里接见。虽然忙碌，胡楚生依然笑容满面地迎接海鸥代表团，并与代表进行亲切交谈。在谈话中，海鸥集团的代表们才知道胡楚生为了这届广交会，已经好几天没有好好睡觉了。因为事情实在太多，又恰好赶上"非典"，需要夜以继日地开会，打点工作，几乎事事都得亲力亲为。

令人感动的是，胡楚生还特别叫黄惠冰、王凌珍、马国勤和李德为等人陪同海鸥代表团，殷殷致意，并且吩咐他们务必照应好海鸥代表团，安排海鸥代表团在第六号贵宾室举行"马来西亚市场经商交流会"，为马来西亚作宣传。

当天交流会吸引了不少人，包括参会的国内外商家代表120人。黄惠冰经理说，连走廊都站满了人，这是一场罕见的交流会。

马来西亚驻广州总领事还特别到场致辞，他鼓励中国厂商到马来西亚投资贸易，由于现场反应热烈，他还说这是一场成功的交流会。

事实证明，第九十三届广州春季交易会虽是在"非典"时期，但依然能够如期举行。对一场盛大的国际大型展览会，能及时作出危机处理，没有一丝马虎，显示了领导人工作认真周密，组织妥善稳当。他们尽职尽责、敬业乐业的工作精神，令人敬佩，也值得嘉奖。

在展会期间，没有发生一宗"非典"病例，可以说创造了一个奇迹，也保持了广交会从未间断的历史纪录！

信息化使广交会更精彩

在百届交易会上，参展的企业和客商普遍反映，在这里信息查询更方便，信息传递更快了。

在交易会场里，随处都可以看到一些信息查询系统。另外，在交易会场里，还新增设了2500多个计算机网络终端，参展商可以随时与客户联系。

广交会的信息化着实让老广交们感叹。梁永淞是参加过第一届广交会的老广交。他以广州轻工业品进出口公司外贸业务员的身份，参加第一届广交会时，才28岁。

梁永淞他们参加第一届和第二届广交会时，和外商打交道只有两种方式，一是打电话，二是发电报，电报的费用比较高。为了减少电报字数，节约金钱，他们自己发明了一套符号系统，通过符号缩写，来说明外销产品的类型、款式。

梁永淞说："我们签合同只能靠寄。50年代是邮寄，后来才有传真。打电话很贵，好几块钱一分钟。我们要打好腹稿才能通电话，不然费用很贵。70年代后期才有传真。还有电传机，这东西有点像电报，嗒嗒嗒打过来，就可以看见了，马上可以回复。但现在也不用了，现在我们用电子邮件，很方便。时代进步了。"

因为没有计算机，梁永淞当年打着算盘和外商谈价钱。他说："最辛苦的是和英国人做生意，他们是英镑，不是 10 进制，一个英镑 12 个先令，一个先令 3 个便士，要搞一个本子来对照。没有计算机，我们要用算盘。后来有了手摇计算机。一摇退一格，7 就摇 7 下。嚓嚓嚓地吵死了！20 世纪 80 年代才有按键的计算机。"

在做业务员的日子里，最苦的时候还是去工厂催货。梁永淞说："那时候，骑自行车是唯一的选择。最远的一次是从广州的长堤到白云山下的一间胶木厂，来回要 3 个小时，大夏天里，汗流浃背的感觉像洗桑拿。"

而经历了百届沧桑的广交会早已是今非昔比了。现在已经是信息化的年代，在交易场上查询情况或者与外界进行交流，真是太方便了。

一个参展客商说："我想来查一下土特产这方面的情况。我们只是了解以后，然后再到他们的摊位上去看一看。因为这样方便一点，我们省得到处跑，很累的。"

在这里可以查到各展馆的资料，有关展商的位置，还有他们有关的出展、这次来展的商品。有关广交会这么多年来的信息，各展馆的信息，历史资料，还有各个配套设施，都可以在这里查到。

中国对外贸易中心电子商务处处长谭实说："作为一个具有悠久历史传统的展会，要现代化，必须通过信息化来带动，必须打造一张电子名片，这是一个必需品。"

在交易场地，参展人员不可能出去，而打国际电话，费用又比较高，现在通过交易会场里新增设的 2500 多个计算机网络终端，可以轻松地收发电子邮件，上网。通过宽带网，费用比较低。客户有什么需求、有什么条件，参展商可以随时跟对方联系，既不耽误参展，也不耽误跟客户联系，真的非常方便。

良好的交易环境，完善的服务措施，使广交会这个贸易舞台更具吸引力。大批的客商来到这里寻找商机。

2001 年 10 月，浙江星月集团有限公司第一次参加广交会，虽然才只有几天，但他们已经感受到了广交会特有的魅力。

浙江星月集团有限公司外贸部经理施康进说："我们平时在厂里的时候，一年接待的客户是不多的，大概只有一二十位吧。到这里，我们每天都可以接到五六十位客户，这个完全是不一样的。"

三、 交易平台

● 老广交李欢回忆说，正是广交会使他获得了许多中国土特产品的出口代理权。比如，"玉冰烧"、"豆豉鲮鱼"、"生抽王"及"青岛啤酒"等。

● 海尔集团总裁张瑞敏说："广交会是我们进军海外市场的最佳贸易平台，我们是依托广交会发展壮大的。"

● "不是自己的品牌，打死我也不卖！"当许多"中国制造"为外商做贴牌的时候，站在自己的展位前欢迎五洲客商的邱继宝，掷地有声地说。

利用农副产品赚取外汇

1957 年春，因为一封直达中央的电报，肩负着为新中国换取外汇这等政治任务的中国出口商品交易会在广州诞生。

首届广交会上区区一万多种商品，并没有春天般百花齐放的架势，却也是从新中国各地汇集而来的精品。

到会采购的外商不过是来自 19 个国家和地区的 1223 人，再加上国内参展企业和广交会的组织者，总数也不过 3000 人。

然而，1957 年的两届交易会出口总额，就占了当年全国创汇额的 20%。而这创汇的主角，瓜子、红薯、大枣、麻袋，都是老百姓见惯了的平常物，却在初期的广交会上立了大功。

在 20 世纪五六十年代的广交会上，工作人员们翻箱倒柜地倒腾出西服、领带、旗袍、裙子，穿梭在广交会现场。在那个年代，能在广交会现场工作，那可是一种荣耀。当年，只有通过各项考查，达到要求的人才能够参加广交会。

当年在工艺馆做接待的刘碧珍说："当年能去交易会做服务员是很荣耀的。都是从基层抽调表现好的。"她还说，她一直觉得端茶倒水也很光荣，无论在哪个岗位工作，大家都觉得自己的工作很重要。

在荣耀的光环下，广交会上的交易员还背负着新中国的政治任务，即换美元。刚刚起步的中国，需要大量的建设物资，而这些物资要从国外进口，但在西方经济封锁下，获得外汇成了一道难题。

煞费苦心破解了这难题的，是当时任对外贸易部驻广州的特派员严亦峻。那时，华南物资交流大会已在广州举办了两年，内地颇为常见的红薯、药材成了港澳客商的抢手货，每次数百万美元的成交额让严亦峻心头一亮，何不搞个大手笔的。

1957年4月25日，广州中苏友好大厦的门外锣鼓喧天，彩旗飘扬，第一届中国出口商品交易会开幕了。

当时交易会里唱主角的，根本也没有什么稀罕物，几乎全是土地里长出来的东西。在当时一穷二白的新中国，靠山吃山，靠水吃水，把国内的土特产出口到国外，成了当时新中国换取建设所需美元的一大途径。在国内极平常的农副产品，却在国际市场上焕发出新生的力量。

当时，中国的一些农副产品非常受欢迎。

对于20世纪50年代的香港人来说，逢年过节，能拿广东的"顺风红瓜子"招待亲友，是件非常光彩的事。

初期的广交会曾有一笔因出口麻袋而创汇数百万美元的交易，那是把中国的麻袋出口到印尼，专供那里的人装米。

老广交李欢回忆说，正是广交会使他获得了许多中国土特产品的出口代理权。比如，"玉冰烧"、"豆豉鲮鱼"、"生抽王"及"青岛啤酒"等，就是他从广交会上洽谈回来的。而这些商品也通过李欢的公司网络得以走向国际市场。其中，他和青岛啤酒厂的贸易关系就是在第一届广交会上建立的。

后来，青岛啤酒厂成为青岛啤酒集团，它每年通过李欢这个贸易伙伴，销往外地的啤酒数量已由当年的几千箱增长到100多万箱。

在20世纪60年代的广交会上，汕头的3张王牌陶瓷、渔网和抽纱大放异彩。

当时，香港的茶楼酒馆用的餐具一般都是日本货，在1964年的广交会上，来自汕头的全套陶瓷餐具大放异彩，品种齐全、价格便宜、质量过硬，打动了香港代理商，日本的陶瓷一下子被挤出香港市场。

汕头陶瓷工艺进出口公司还曾与北非一客商签下合同，一次成交10万英镑100万打的彩色陶瓷茶杯。在当年，这是一个很了不起的大数额，轰动了整个陶瓷馆区。

曾任多届广东省交易团团长的伍明光说："那时真是把地里能挖出的好东西都拿来换外汇了。"首届广交会，食品和土产出口的成交额就超过1000万美元。

当时除了主打的农副产品外，还有一些轻工业产品。1957年，广东省轻工交易团在广交会期间咨询客户，如果有虎头牌电池面世是否会下订单。几乎所有被问及的客户都点头称妙，并反问为什么那么久都不出产虎头牌电池。

原来，当时的虎头牌电筒等产品因为质量过硬在市场上非常吃香，许多人都希望能有配套的虎头牌电池使用。

咨询会后，广东省轻工集团就由三电组和建材组成立了专门的小组，合作生产虎头牌电池。由于两个组的负责人都姓梁，因此又被称为"两梁组合"。

一年的时间，万事俱备，只欠东风。这一阵风就是1958 年的春季广交会，虎头牌电池一亮相就受到追捧。客商们看着这款电池都爱不释手，大加赞赏。

虎头牌电池从此一炮而红，在 1990 年的时候创下上亿元的出口外汇。虎头牌电池一路畅销，直到百届广交会仍然是一块响当当的招牌。

在 20 世纪五六十年代，广州的酒店还很少，能对港澳同胞和海外侨胞开放的也就有数的几家。可很多客商都是夫妻同行，为了节省房间，只能安排男女分开住宿，有了空房才能调整。

当时有的外国人对接待人员说，住不到满意的房间就不做生意，不过最后还是签了合同，因为中国的东西实在物美价廉。

1957 年的第一届广交会，汕头团的主打产品是咸菜和渔网，后来相当长一段时间就是抽纱、陶瓷工艺品、农副土特产品和轻工日用品等产品。不过，当时国际上也没有关于土特产品的参考价格，所以大家也不知道这些东西是不是卖得太便宜了。

在20世纪60年代的一次广交会上，汕头团成交额排在前几位的是，生柑8500吨151.9万多美元，蔬菜类包括咸菜、蒜头、椰菜、土豆等2.1万吨128.6万多美元，陶瓷91.4万多美元，罐头类14.87万箱78.5万多美元，渔网71.6万美元。

那时候每吨生柑出口才卖178美元，每吨中秋月饼卖460美元，每吨中式糖果卖272美元。用后来的眼光看，当时的价格真是低廉。然而，当时正是这些没有任何科技含量的货品成交额，占据了前几年广交会成交额的60%之多。

那时候的中国还处在以产定销的年代，广交会上主要出口的土特产品、纺织产品价廉质高货却少，外国人拿着大把的钞票还不一定能买得到。所以，那时候交易员如果把东西卖给了哪个客商，似乎就是给足了人家面子。甚至很多客商都要"看着交易员的脸色办事"，有的还自愿提高价格，为的就是能够增加供货数量。

当时就曾发生过一个日本客户，因为没有买上中国的大豆而痛哭的事件。因为那时中国的有些农产品是有限额的，大豆就是这样。

日本人喜欢吃豆腐，所以日本商人每届广交会都要买中国黑龙江的大豆，因为东北大豆出豆腐比例高。但是农产品是有季节性的，每年收完大豆，正好赶上秋交会，所以货源就足一些。

但是如果到了第二年的春天，此时再想买大豆，货源肯定是十分吃紧的。所以来参加春交会的日本商社，有时就摊不上配额。

一次春交会中国供应了 100 吨大豆，要摊给好几个老客户。当时有个客户来晚了，没摊上，只好在广州宾馆里痛哭。因为他也是带着采购任务来的，任务完不成，回去老板可能会对他不客气，他只好在宾馆痛哭。广交会的服务人员只好给他做思想工作，并让他下一年来早一点。

中国广交会创办初期，粮油食品、陶瓷、玩具、工艺品，几乎都是依靠"拼价格"博取关注。商家销售什么产品，客户就只能拿什么产品，没有讨价还价的余地，不要就算了。

而且数量也不是客户说了算。客户需要多少货品，都要提前把订单交到商家的手里，由商家去统筹安排，决定给予你的数量。在计划经济年代，中国不少商品是一年定一两次价，有的长年不变，一届广交会只卖一个价。

那时候广交会之前做准备的时间很长，各交易员要到全国去找货，还要提前一个月至一个半月到广州做准备工作。全国各个口岸参展的同类商品，要提前进行比较评价，保持大体相当的价格。广交会结束后又要做一些收尾工作。

创办初期，广交会的出口成交以农副土特产品为主，每届平均占比逾六成。在 20 世纪八九十年代，这些产品的成交占比逐渐下降。

20 世纪 90 年代后，机电产品、高新技术产品、高附加值产品和日用消费品，渐成畅销的主导产品。第八十六届广交会，机电产品成交额首次超过轻工工艺品，跃居第一。

中国工艺品创造无限商机

20世纪70年代初，曾经一度在广交会上唱主角的工艺品受到了冲击，它直接导致的就是广交会成交额的大幅度下降。

于是，周恩来作出批示，强调要用一些工艺品出口换回外汇，这为一些工艺品能够重上展台提供了支持。

再后来，上级下文明确规定：

以古代神话故事人物为题材的工艺品，在历史上有一定进步意义的、健康的可以出口。

1976年，情况好转。那一年，广交会上的生意出人意料地红火。

当年秋交会，有92个国家和地区的客商15 326人到会，比上届增加了近1000人。出口成交15.89亿美元，创广交会自创办以来的最高纪录。

那一年的广交会上，中国人展出了数控加工中心、彩色电视电影设备、报纸传真机、"世界屋脊"西藏的煤炭等让外国人惊叹不已的商品。

不过直到1978年，中国传统题材和人物的工艺品才全部得以复出，并很快再次活跃在广交会场上。

江西一位叫张果喜的农民赶上了好时候。

1972 年，张果喜受在江西余江下放的上海知青的影响，怀揣 200 元，到上海找生路。

一个偶然的机会，他发现在上海一个雕刻樟木箱竟可卖到 200 多块钱，而樟木恰恰是他老家的土特产，而且价格非常便宜。

于是，他当即乘车返回老家，变卖家产，获得 1400 元以及江西余江当地盛产的樟木原料。

然后，张果喜"依葫芦画瓢"，做出张氏第一只雕刻樟木箱。不久他带着 20 套樟木箱来到广交会现场，并幸运地签了第一个单，赚到了 1 万多元。听说正是这第一桶金，让他后来有机会跻身《福布斯》排行榜。

同样在广交会创造传奇的，还有当时的中国字画。由于 20 世纪 70 年代外商们对类似草编、手绣、挂毯之类的中国工艺品特别青睐，因此，有人突发奇想，中国字画是不是也能换外汇呢？于是，当代中国画第一次挤进了广交会。

由于当时中国工艺品的价格偏高，而当代中国画的价格又偏低，于是，有关部门特地将当代中国画的价位上浮了两至三倍。虽然调价后也只有两三百元人民币，但这在当时已是"天价"，并引起轩然大波。

虽然这只是一次小尝试，但对当代中国书画的影响却在 20 世纪 70 年代末显现出来。

1979 年 10 月，李可染的《牧牛图》，吴作人的《藏原牧驼图》，在日本举办的首届中国书画文房四宝展销会上，首次突破了万元大关。

除了工艺品、中国字画外，纺织品以及各种初级工业产品，也都是 20 世纪 70 年代广交会上的热销货。

20 世纪 70 年代，广交会的出口成交额创造了特殊年代的奇迹，出口量高达全国同期出口总额的 41.7%，几乎占中国对外出口的一半，可谓举足轻重。

通过广交会，外国人了解了中国。同样，通过广交会，我们也真正开始学会如何与外国人做生意，也知道了一些国外的情况。可以说，广交会是中国人在那个年代能够接触外国信息的一个主要通道。

一份名为《美国市场概况和对美贸易应该注意的问题》的资料，记载着当时美国商业的情况。资料谈到，尼克松访华以来，美国掀起了一股"中国热"。在过去 12 个月，美国进口了 1000 万美元的中国商品。

美国对食品卫生和用具安全性要求很严，除有食品和药物法的管制外，还有一个所谓的"人权委员会"规定，如有人使用某种商品受损害，可提出控告，进口商就要受罚款等处分。

比如，他们要求竹制品要用硫黄熏过，不能生虫，如果竹制品发现生虫，成批货物都要销毁。甚至玩具品质不好，孩子玩时划破手，都要被控告。所以，广交会十分注意出口商品的质量。

另外，美国当时流行所谓的超级市场，即自动售货制度，一般商店营业员很少，顾客自己从货架上选货，然后到付款处付款。所以，美国商人要求我们要注明商品名称、原料、规格、产地、使用说明等等，否则很难进行贸易。

中国家电走向国际市场

对于20世纪80年代广交会的工作人员来说，联系外商只能靠发邀请函。这可真是一项巨大的工程！

当时交易会前，工作人员要给世界各地的客商发几万份邀请函。由于没有电脑，没有传真，没有电邮，只能靠邮寄。

每一封邀请函的信封上都要打上收件人的地址、姓名等内容，这些都要靠没日没夜地在打字机前面打，当时秘书科只有10来个人，经常要加班到深夜。

直到1987年之后，公司才通过一些华人公司买了几台电脑，工作的效率也慢慢提高了。广交会的客商也从最初的1万多，发展到了后来的10多万人。

尽管当时的通信、电子设备还不完善，但20世纪80年代著名三大件——彩电、冰箱、洗衣机正快步向人们走来。就在家电逐渐走入千家万户之时，一年两次的广交会上也出现了它们的身影。

海尔创业于1984年，在国内冰箱市场供不应求的情况下，以创名牌为战略目标的海尔就把目光瞄准了广交会。

最初，海尔集团委托专业外贸机构参展，只有一张桌子的小摊位。

而到百届广交会时，海尔展馆的面积已经超过 500 平方米。

时任海尔集团总裁张瑞敏说：

> 广交会是我们进军海外市场的最佳贸易平台，我们是依托广交会发展壮大的。

自从 1986 年第一次参加过广交会后，海尔一届不落地参加了后来的 20 多届广交会，足见广交会对海尔的重要性。不仅海尔在那个时代打出了品牌，当时很多名牌电器也都是借了广交会的东风而青云直上。

所以有人说：

> 中国的家电业基本上是 20 世纪 80 年代后发展起来的，广交会为中国家电插上了翅膀。

后来，一位外商在接受中国媒体采访时曾说："小时候家里有一台中国制造的电风扇，从父亲那代就开始用，用了几十年都没有坏，后来才知道那台电风扇是'钻石牌'，广东造的。"原来这台电风扇是这个外商的父亲，在 20 世纪 80 年代来中国参加广交会时订购的。

在 20 世纪八九十年代的电视广告中，家电的确占了很大比重，一些广告情景甚至在几十年后人们还能清晰记得。如：

可耐可耐，人见人爱。

燕舞，燕舞，一曲歌来一片情。

秀兰，我把洗衣机给你买回来了。

…………

虽然这些牌子如今有的已经消失，但还是在经历过那个时代的人的脑海留下了难以磨灭的记忆。

在 20 世纪 80 年代的广交会上，除了家电这匹"黑马"外，印有"中国制造"的玩具、家具、摩托车、服装等，也透过广交会纷纷被输送到全球各个角落。

1979 年到 1984 年，广州兴建和改造了大批宾馆酒店，这使广州一度成为全国五星级酒店最多的城市。

1982 年 10 月，白天鹅宾馆终于落成。作为第一家对群众开放的高端酒店，霍英东先生说："是想让群众进来看一些新鲜事物，让中国人树立对自己和国家前途的信心。"

广交会不允许生产厂家直接与外商接触。当时供货企业的代表不能进会场，很多人拿着样品在门口等外贸公司的业务员出来告诉他们成交情况。

1988 年，第六十四届广交会，一些高科技产品开始走进展厅。首次参加交易会的中国精密机械进出口公司，出口了精密机械、广播通信设备、电脑、仪表仪器等高技术产品。

交易平台

　　这届交易会是中国全面推行外贸体制改革后举办的第一届交易会。

　　1989年4月15日，第六十五届中国出口商品交易会举行。

　　从这届交易会起，再次缩短会期，同时实行会期中间星期天不休息的制度。这一年还组建了有色、冶金联合交易团，交易团总数增至18个。

　　1989年，一年两届出口成交额首次突破100亿美元，达108.9亿美元。会期由20天改为15天。

　　另外，广交会区还新增设了经济特区交易团。

中国制造在广交会唱主角

进入20世纪90年代，当不少人还在费尽心力去论证中国到底是姓"资"还是姓"社"的问题时，这个国家已经逐渐开始显露其惊人的吸纳能力，包括资本和技术。凭借低廉的劳动力价格和庞大的消费市场，"中国制造"的大幕开始真正拉开。

自1993年广交会开始，几十年来外贸独家经营的局面发生了改变，一些国有大型企业开始自主地与外商谈判、接单并生产。当届有2700多家国内企业亮相，5年后，民营企业也以正式身份亮相广交会，"中国制造"更加全面直接地摆在世界面前。

与此同时，广交会的档次也在提升，初级产品在交易会成交总额中的比例不断下降。1994年第七十六届和2001年第九十届广交会相比，纺织服装从23.58%下降到16.78%，机电产品从18.07%上升到37.4%。而通信产品成了"中国制造"新的增长点。

20世纪90年代，在中国通信领域唱主角的是寻呼机、电报和固定电话。20世纪90年代初，一部电话的市场价是5500元。汉显寻呼机刚刚普及的时候，一部汉显机的入网费用就是3000多元，机器都是摩托罗拉制造的。

面对昂贵的外国品牌，中国的通信产品也在努力跟进。众所周知，当时国产的通信产品，没有技术，没有品牌，可能也没有质量，有的只有便宜。话机如此，呼机也是一样。一般来说，国产呼机要比进口的便宜一半以上，就是质量不太稳定，但颜色和造型丰富。那时候，紧跟潮流人群的标准装备是腰挂 BP 机，手持"大哥大"。

而就在汉显机也逐渐打上"中国制造"的标志时，除了股票和搬家公司之类的专用渠道还使用外，市场已经逐渐为手机所取代了。

然而，从 1997 年广交会首次增设信息产品以及仪器区开始，中国制造的信息产品交易额迅速增长。此后不到 10 年的时间，到 2006 年第九十九届广交会，其已经和家电产品平分秋色，各占机电产品出口成交额的一半。

高科技产品进入广交会

进入 21 世纪，广交会已经成长为有着"中国第一展"称号的国际性展览，广交会也随着时代的变化在不断变化。

从第一届广交会成交额的 1754 万美元，到 50 年后的广交会成交额超过 300 亿美元，这其中，远远不是数量级单位变化这么简单。

在创办初期，广交会的出口成交以农副土特产品为主，每届平均占比逾 6 成。到了 21 世纪，经营农副土特产品的粮油食品、土产畜产等交易团，在广交会上的年成交占比逐渐下降到 20%。

高科技、高附加值的产品，逐渐成为广交会上唱大戏的主角，曾经上不了台面的中国汽车也风风光光地开进了广交会的镁光灯下。

1957 年的广州街头，几辆牛气冲天的轿车呼啸着穿市而过。街头市民纷纷驻足议论："看，据说是欧洲名牌的啊！"透过车窗，隐隐可以看到车里坐着金发碧眼的老外和一脸神气的司机。

广州第一批出租车司机老李后来在回忆第一年广交会的时候说："我们广州市汽车公司，就是为了迎接首届广交会，在周总理的提议下建立的。"

那一年，广州街头的出租车赚足了回头率。这汇集了苏联的吉斯、伏尔加，波兰的华沙，日本的王子、丰田，甚至德国的奔驰等名贵轿车的出租车队，招来各方的目光。

然而，在我们自己的广交会上，那一年的主角，绝不是"外来的和尚"，而是我们自己制造的明星——解放牌汽车。

这个大家伙在土特产和纺织品笼罩下的广交会上，显得十分特别。约旦商人毕特先生显然对这个大块头很感兴趣，他竟然一口气买下 3 辆解放牌汽车，从而也成就了解放牌汽车第一次走出国门、走向世界的辉煌。

然而，当年中国的汽车工业还只是在一个很低的水平线上徘徊，这个中国人自己心中的宝贝疙瘩，在广交会的市场上还不是太吃得开，也并没有真正打开国外市场。在相当长的一段时间里，解放牌汽车的出口，基本都是通过外援项目实现的。

在 1972 年的广州，小汽车还是大众眼中的奢侈品。那一年的广交会期间，比牛气冲天的出租车更耐看的，是一水的帅哥司机。两名刚退伍的战士被调去做广交会的交通接待工作。

说起上海牌轿车，还有一段不太为人所知的历史。那是 1958 年，一辆奔驰 220S 轿车在上海接受了"解剖实验"，观看实验的是当时几十个上海最有实力的工业企业，就连车门锁也被相关企业拿去做了研究。

终于，中国人根据奔驰自主研发的第一辆凤凰牌轿车，在摸索中诞生了。

1964 年，凤凰牌轿车更名为上海牌轿车。"七八十年代那会儿，结婚时要是能坐上上海牌汽车，太光荣哦！"一位老上海回忆说。

如此的荣耀，却是在没有大型气压机、锻造机的情况下，在几万声铁锤、榔头的打击声中，手工制造而出的。相比较 21 世纪追逐手工化制作的潮流，那时的纯手工，实属一种无奈之举。

1975 年，上海牌轿车形成每年 5000 辆的生产能力。到 1991 年 11 月 25 日，上海牌轿车正式停产，累计生产了 7.7 万辆。

而与此同时，同为亚洲国家的日本，早已在 20 世纪 60 年代后期，就掀起了一股购买私家车的高潮。到 1970 年，日本国内生产的汽车数量突破了 500 万大关。

虽然那个时代的中国，北有东风牌轿车，南有上海牌轿车，可手工的生产模式以及相对落后的汽车技术，使那个时代的广交会上，从来没有出现过中国汽车的踪影。

时过境迁，随着中国改革开放的不断深入，我国汽车行业终于也获得了飞速发展，开始真正走出国门，走向世界。

2004 年广交会期间，同时在广州开了两个汽车展览会，以便让外宾们看到更多的中国汽车。

到 2005 年，我国汽车行业首次实现了 1.1 万辆的整车出口。

250 余家汽车企业参加了 2006 年的百届广交会，东风汽车股份有限公司、长城汽车股份有限公司、安徽江淮汽车股份有限公司等一大批整车汽车生产销售企业，在广交会的舞台上出足了风头。

在 2006 年的百年广交会上，我国汽车表现得更是热热闹闹。广交会外的停车场里，挤满了各色车辆，奇瑞、吉利这些我们早就熟悉的国产品牌汽车，在这条车队里显得并不形单影孤。广交会上没有中国汽车也早就成为历史。

而中国对外贸易额在世界的排名，在 2000 年就首次超过意大利和荷兰，由原来的第九位上升至第七位，中国已跻身于世界贸易大国行列。

然而，新世纪的广交会也遇上了大麻烦。据统计，到 2000 年底有 28 个国家和地区，对我国商品进行反倾销、反补贴、保障措施的案件调查有 410 余起，我国成为全球出口产品受到反倾销调查最多的国家。

这势必给以出口为窗口的广交会带来了很大阻力。由外贸大国向外贸强国跨越的共识，也在广交会上形成。

广交会参展商品结构和出口结构，已发生重大变化。电子信息、家用电器等高附加值、高技术含量的产品，在广交会占据最显眼的位置。在广交会总成交中机电产品连续 3 年居第一位，占总成交的近 4 成。而我们的胃口也不再满足于"中国制造"这么简单，而是向着"中国创造"的方向前进。

2008 年 4 月 15 日，第一〇三届广交会正式拉开了帷幕。展会上人来人往，异常热闹，自主品牌双环汽车的展位前更是人头攒动，成为外宾们关注的"焦点"。

广交会上，各种肤色的人操着各种语言在各个展位间不停穿梭着、寻觅着，寻找着自己的"焦点"。最终他们的目光在绚丽多彩的双环红星小贵族和强劲安全的双环 SCEO 前"聚焦"。

双环 SCEO 凭借优良的安全性能，一举拿下欧洲 EEC 认证，成为中国第一款通过欧洲 EEC 认证的 SUV 车型，并成功进军国际市场。从此，双环汽车成了外宾们眼中一道熟悉的"风景线"。但是，没想到熟悉的地方依旧有新奇，双环红星小贵族以其靓丽的造型和绚丽的色彩，再次吸引了他们关注的目光。

双环红星小贵族作为中国首款微轿跑车，其套彩车身、无框大双门、全景玻璃顶、铠甲车身、高离地间距、宽轮距、四轮盘刹和大轮胎，无不充分体现着中国自主汽车品牌先进的造车理念和成熟的造车技术，并向世界展示着中国自主品牌汽车的崛起和发展。

在外宾的"啧啧"称赞声中，双环红星小贵族尽情演绎着我国自主品牌的无限神采。

除了汽车，广交会还在悄悄上演着其他的变化。2002 年 4 月春交会，广汽开始推行"星级服务"，星级司机可根据不同乘客使用普通话、广州话和基本英语进行交流，受到中外客商好评。

2003 年，第九十三届广交会为了缓解"非典"对交易现场的冲击，网上广交会应运而生。根据某权威公司的监测，发现近 60% 的用户是通过点击网上广交会提供的链接来到广交会的。从第九十九届广交会的情况来看，网上广交会、在线广交会以及在线机电广交会 3 家网站，累计访问量达 1.1 亿次，比第九十八届增长 11.6%；电子商务网上意向成交额累计为 4.2 亿美元，比第九十八届增长 10.5%。

一个芭比娃娃在美国的零售价可以卖到 9.9 美元，但在产地珠三角地区，中国企业生产一个芭比娃娃只能获得 0.35 美元加工费，品牌所有者获得了利润的最大头。

如此的事实自然刺激了我们自己的民族企业。在第九十五届广交会上，首次设立了品牌展位。第九十九届广交会品牌展位达到 4182 个，占展位总数的 14%，品牌展区累计成交 82.5 亿美元，占总成交额的 25.6%，比第九十八届提高了 2.7 个百分点。

2005 年"神六"的飞天，也给我们的民族企业带来了机会。"神六"的赞助商之一——某铝业品牌的知名度也急剧提升，品牌形象的成功最终为之赢得了美国通用电气供应商的资格。

在跨世纪的广交会上，在通信设备等领域，一些原创性关键技术已初露锋芒，一大批自主创新的重大科技成果成功转化，使越来越多的"中国制造"升级为"中国创造"。

全球首创的数字集群系统，自主设计的 MP3 芯片，我国音视频领域第一块具有自主知识产权的、产业化的数字电视处理芯片，都加快了广交会上"中国创造"的脚步。

除了这些产品服务的变化，广交会最大的变化是在第一百届广交会开幕式上，温家宝所宣布的，从第一〇一届起中国出口商品交易会更名为中国进出口商品交易会。

多出的一个"进"字，意味着广交会将同时成为中国重要的进口平台，最终有助于实现进出口平衡。经济分析家认为，这一更名标志着中国 20 多年来以扩大出口为支撑点之一的经济发展模式正在转型。

广交会使民企不断成长

第一百届广交会隆重揭幕，浙江"缝纫机大王"邱继宝和海尔集团的张瑞敏，成为仅有的两位接受中央电视台全球直播专访的中国企业家。

在 20 年前，高中退学的邱继宝跟着当地的父老乡亲到东北去补鞋。3 年时间跑遍了东北 3 个省，挣了不少钱，回家的时候竟然已经有了 10 万元的积蓄。于是，邱继宝就开始捣鼓着自己生产缝纫机。开始是在家里找几个人帮忙，后来业务不断扩大，员工有了 300 多人。

"人一多，就出现了问题，因为我们面临和大厂的竞争，产品、技术、资源都比大厂差。"邱继宝说。国内的生存、发展空间非常小，他开始考虑自己的产品有没有可能出口。在当时，中国产品走向世界，广交会是一个重要的途径。

1988 年，邱继宝去了广州，也找到了广交会。广交会门口人山人海，但是那个时候的广交会，作为乡镇民营企业想进去是非常难的。

在大门前，当邱继宝告诉门口那两名高大的门卫自己要进去参展时，不但遭到了拒绝，还招来讥讽："乡镇小厂生产的缝纫机还想登堂入室！"

无奈之下，邱继宝背起缝纫机离开大门，顺着会场围墙漫无目的地走着。忽然，他发现有一处地方来往的人较少，于是他做出了一个惊人的举动，翻墙进去，可马上被两名保安紧紧抓住了胳膊："罚款 50 元，罚站半小时，看你还敢不敢爬！"

在那半个小时，邱继宝想了很多，他暗暗发誓："总有一天，我要在这里拥有最漂亮的展位。"广交会进不去，他开始思索有没有新的途径把缝纫机卖到国外。

时过境迁，后来的乡镇小企业早已成为"飞跃集团"，邱继宝再也不用跳墙进入广交会了，而是风光地站在自己广交会家电品牌馆的特装展位前，向中外客商介绍"看家宝"——各式缝纫机。

邱继宝后来回忆说：

> 第一次参加广交会是 17 年前的第六十五届广交会，当时我的公司一年出口额只有两万美元，在广交会上也没有自己的摊位，产品只有寄放在外贸公司的摊位上，才能与国外客商见面。

到了百届，"飞跃"在广交会特装展示区已经拥有 12 个展位，企业前一年出口额达 2.3 亿美元。邱继宝很多大客户是在广交会上认识的，每年都有高达五六百万美元的订单。"回顾一下，我们确实是和中国外贸、浙江外贸共同成长的。"邱继宝感慨而又自豪。

后来的"飞跃",已经不仅是在卖缝纫机,更是在卖品牌。"不是自己的品牌,打死我也不卖!"当许多"中国制造"为外商做贴牌的时候,站在自己的展位前欢迎五洲客商的邱继宝,掷地有声地说。

完全亮出自有品牌,"飞跃"也用了10多年的时间。邱继宝说:"原来我们是通过广交会来找客商,现在是客商通过广交会慕名来找我们。这就是品牌的号召力。"

邱继宝指着"飞跃"展位中间并排摆放着的两台缝纫机说,旧的那台黑色的传统式样的家用缝纫机,是"飞跃"10多年前在广交会上叫卖的产品,"体重"100多千克,出口价10美元多。而旁边那台白色的式样轻盈的家用缝纫机,"体重"不足老的十分之一,"身价"却达1000多美元。

邱继宝笑着从白色缝纫机中抽出一块集成电路芯片,"就贵在这里"。他说,和当前市场上一般的缝纫机不同,"飞跃"别出心裁装上的这块芯片,让传统机械的家庭缝纫机"脱胎换骨",成了智能化的电脑缝纫机。任何图案造型,存进U盘接入后,几分钟之内就可以缝制成型,连第一百届广交会开幕式上的图案都是用这台缝纫机织出来的。

打开进口商品的绿色通道

第一〇二届广交会开幕后，广州琶洲展馆四楼的进口展区人潮涌动。众多进口展品都打出环保牌，受到了国内采购商的热情追捧。

在新加坡一家制作生物降解制品的参展展台前，摆满了一排排各种一次性餐盒，驻足商谈者络绎不绝。老板迟永庆兴奋地说："还没开幕就已经接到8个需求电话，一上午就与两家大型企业达成意向。"

广交会的进口平台给迟永庆带来了很大的惊喜，他春季来参加第一〇一届广交会的首次进口展，给他们的企业带来了1.2亿元的销售收入。

这家新加坡公司在泰国生产的环保餐具，在出口总量中，对华出口从微不足道到如今占到了五分之一。

广交会新闻发言人徐兵说："在展位严重供不应求的情况下，本届广交会继续扩大进口展规模，展览面积达到1.5万平方米，比上届增加50%。"

广交会对进口展商给予了价格优惠，参展价格打7.5折，对于联合国公布的最不发达国家实行费用全免。

首次来参会的苏丹国家代表，带来了他们特有的农产品。他们抓起本国产的芝麻、咖啡欣慰地说，他们和其他8个非洲和拉美国家一起，希望打开通往中国市场的大门，而借助广交会能节省参展费用。

一家意大利保健皮沙发的参展商表示，作为"中国第一展"，广交会开设进口展后逐渐扩大规模，为国外企业提供了捷径和便利，受到外国机构和企业的普遍欢迎，特别是为国外中小企业进入中国提供了一个很好的平台。很多参展商在广交会上找到了国内外的贸易伙伴，建立了更全面的营销网络。

本届进口展设置机械设备、小型车辆及配件、电子信息及家电、五金工具、建材及厨卫设备、原材料、日用消费品、装饰品及礼品、食品及农产品等9个产品区。与上届展会相比，增设了"原材料"展区。

此外，本届展会进口展的各项服务也进一步得到完善。徐兵说，外贸中心向境外参展商推荐了4家国际货运代理公司作为展品承运商，具体负责展品的运输、仓储、通关、检验、检疫等"一站式"服务，现场还设有境外参展商服务中心。

海关、质检等有关部门，对进口展区展品继续提供通关和监管等方面的便利，为展品入馆提供"绿色通道"。

本书主要参考资料

《亲历广交会》张志刚总编 中国对外贸易中心编 南方日报出版社

《百届辉煌》张志刚总编 中国对外贸易中心编 南方日报出版社

《全球最大会展公司或牵手广交会》林波编《新快报》

《海南旅游亮相广交会》高虹编《海南日报》

《广交会2008年整体迁琶洲》程满清 钟欣编《南方都市报》

《国家将举行广交会百年庆典》陈华编《甘肃日报》

《百年广交会故事多》罗斯丁编《南方都市报》

《火树银花耀琶洲》侯颖编《羊城晚报》

《璀璨灯火 百届辉煌》李燕萍 周晓燕编《广东电网报》

《40多分钟，广交会走过百届庆典》王小波编《经济参考报》

《百届广交会今天闭幕》姚志德 严丽梅编《羊城晚报》

《温家宝出席百届盛典》辛华编《新快报》

《一封电报催生今日广交会》汤新颖编《广州日报》

《第一百届广交会今迎客》凌慧珊 陈永华编《信息时报》

《广交会的开幕故事》赖少芬编《云南日报》

《重视外贸情系"广交"》任光斌编《华南新闻》

《第一百届广交会开幕式暨庆祝大会举行》贺劲松 赵东辉编《中国青年报》

《云南借"云南映象"打出商务精品名片》谢建超 金志芳编《中国经济时报》

《广交会50年中国制造半世纪》刘静 王艳 王立成 等编《南风窗》